RACINE

ET

SHAKSPEARE,

N° II.

OUVRAGES DU MÊME AUTEUR,

Qui se trouvent chez le même libraire.

Vie de Rossini, 1 vol. in-8°, 7 fr.
Histoire de l'Amour, 2 vol. in-12, 5 fr.
Vie de Haydn, Mozart et Métastase, 1 vol. in-8°, 5 fr.
Histoire de la peinture en Italie, 2 vol. in-8°, 12 fr.
Rome, Naples et Florence, 1 vol. in-8°, 30 fr.
Racine et Shakspeare, 1re partie, in-8°, 2 fr.

IMPRIMERIE DE H. FOURNIER,
RUE DE CLÉRY, N° 9.

RACINE
et Shakspeare,

N° II,

OU

RÉPONSE AU MANIFESTE CONTRE

LE ROMANTISME,

PRONONCÉ PAR M. AUGER DANS UNE SÉANCE SOLENNELLE DE L'INSTITUT.

Par M. de Stendhal.

DIALOGUE.
LE VIEILLARD. — « Continuons. »
LE JEUNE HOMME. — « Examinons. »
Voilà tout le dix-neuvième siècle.

PARIS,
A. DUPONT ET RORET, LIBRAIRES,
QUAI DES AUGUSTINS, N° 37.

M. DCCC. XXV.

AVERTISSEMENT.

Ni M. Auger ni moi ne sommes connus; tant pis pour ce pamphlet. Ensuite, il y a déjà neuf ou dix mois que M. Auger a fait contre le Romantisme la sortie emphatique et assez vide de sens à laquelle je réponds. M. Auger parlait au nom de l'Académie Française; quand j'eus terminé ma réplique, le 2 mai dernier, j'éprouvai une sorte de pudeur à malmener un corps autrefois si considéré, et dont Racine et Fénélon ont été membres.

Nous avons au fond du cœur un singulier sentiment en France, et dont je ne soupçonnais pas l'existence, aveuglé que j'étais par les théories politiques de l'Amérique. Un homme qui veut une place met une calomnie dans les journaux; vous la réfutez par un modeste exposé des faits : il jure de nouveau que sa calomnie est la vérité, et signe hardiment sa lettre; car en fait de délicatesse et de fleur de réputation, qu'a-t-il à perdre? Il vous somme de signer votre réponse; là commence l'embarras. Vous aurez beau donner des raisons péremptoires, il vous répondra; il faudra donc encore écrire et signer, et peu à peu vous vous trouverez dans la boue. Le public s'obstinera à vous voir à côté de votre adversaire.

Eh bien! en osant plaisanter l'Académie sur la mauvaise foi du discours qu'elle a mis dans la bouche de son directeur, j'ai craint d'être pris pour un effronté. Je ne veux pas être un de ces hommes qui attaquent les choses ridicules que les gens bien nés sont convenus de laisser passer sans mot dire dans la société.

Au mois de mai dernier, cette objection

contre la publication de ma brochure romantique me parut sans réplique. Heureusement l'Académie s'est laissée aller depuis à un choix si singulier, et qui trahit tellement l'influence de la gastronomie, que tout le monde s'est moqué d'elle. Je ne serai donc pas le premier : au fait, dans un pays où il y a une *opposition*, il ne peut plus y avoir d'Académie Française; car jamais le Ministère ne souffrira qu'on y reçoive les grands talens de l'opposition, et toujours le public s'obstinera à être injuste envers les nobles écrivains payés par les ministres, et dont l'Académie sera les Invalides.

PRÉFACE.

Un jour, et il y a de cela cinq ou six mois, l'Académie Française continuait la marche lente et presque insensible qui la mène doucement et sans encombre vers la fin du travail monotone de la continuation de son dictionnaire; tout dormait, excepté le Secrétaire Perpétuel et le rapporteur Auger, lorsqu'un hasard heureux fit appeler le mot *Romantique*.

A ce nom fatal d'un parti désorganisateur et insolent, la langueur générale fit place à un sentiment beaucoup plus vif. Je me figure quelque chose de semblable au grand inquisiteur Torquemada, environné des juges et des familiers de l'Inquisition, devant lesquels un hasard favorable au maintien des bonnes doctrines aurait fait amener tout à coup Luther ou Calvin. A l'instant on aurait vu la même pensée sur tant de visages d'ailleurs si différents; tous auraient dit : De quel supplice assez cruel pourrons-nous le faire mourir?

Je me permets d'autant plus volontiers une image si farouche, qu'assurément l'on ne peut rien se figurer de plus innocent que quarante personnages, graves et respectés, lesquels se constituent tout-à-coup en juges, *bien impartiaux*, de gens qui prêchent un nouveau culte opposé à celui dont ils se sont faits les prêtres. Certes, c'est en conscience qu'ils maudissent les profanateurs qui viennent troubler ce culte heureux qui, en échange de petites pensées arrangées en jolies phrases, leur vaut tous les avantages que le gouvernement d'un grand peuple peut conférer, les cordons, les pensions, les honneurs, les places de censeurs, etc., etc. La conduite de gens ordinairement si prudents pourrait rappeler, il est vrai, un mot célèbre du plus grand de ces hommes de génie qu'ils prétendent si burlesquement honorer par leurs homélies périodiques, mais génie si libre en ses écarts, si peu respectueux envers le *ridicule*, que pendant un siècle l'Académie refusa d'admettre non sa personne, mais son portrait. Molière, que tout le monde a nommé, fait adresser ce mot connu à un orfèvre qui ne voit rien de si beau pour égayer et guérir un malade que de grands ouvrages d'orfèvrerie exposés dans sa chambre : *vous êtes orfèvre, M. Josse.*

Quelque classique et *peu nouvelle* que soit cette

plaisanterie, le sûr moyen de se faire lapider eût été de la rappeler le jour où l'Académie fut tout à coup tirée de sa langueur accoutumée par la voix du rapporteur de son dictionnaire, appelant le mot fatal *Romantique* entre les mots *Romarin* et *Romaniste.* M. Auger lit sa définition; à l'instant la parole lui est enlevée de toutes les parties de la salle. Chacun s'empresse de proposer, pour terrasser le monstre, quelques phrases énergiques; mais à la vérité elles appartiennent plutôt au style de Juvénal qu'à celui d'Horace ou de Boileau; il s'agit de désigner clairement ces novateurs effrénés qui prétendent follement qu'il se pourrait qu'on arrivât enfin, et peut-être hélas! de nos jours, à faire des ouvrages plus intéressants et moins ennuyeux que ceux de messieurs de l'Académie. Le plaisir si noble de dire des injures à des ennemis sans défense jette bientôt les Académiciens dans un transport poétique. Ici la prose ne suffit plus à l'enthousiasme général, l'aimable auteur des *Étourdis* et de tant d'autres comédies froides est prié de lire une satire qu'il a faite dernièrement contre les Romantiques. Je crois inutile de parler du succès d'un tel morceau en un tel lieu. Lorsque les pères conscrits de la littérature se furent un peu remis du rire inextinguible qu'avaient fait naître en ces grandes ames les injures lancées à des rivaux absents, ils reprirent avec gravité le cours de leurs opérations officielles. Ils commencèrent par se déclarer compétents à l'unanimité pour juger les Romantiques ; après quoi, trois des membres les plus violents furent chargés de préparer la définition du mot *Romantisme*. On espère que cet article sera travaillé avec un soin particulier ; car, par un hasard qui n'a rien d'étonnant, ce morceau de douze lignes sera le premier ouvrage de ces trois hommes de lettres.

Cette séance si mémorable, pendant laquelle on a dit quelque chose d'intéressant, allait se terminer, lorsqu'un des quarante se lève et dit : « Toute l'absurdité des pygmées littéraires, bar- « bares fauteurs du sauvage Shakspeare, poète « ridicule dont la muse vagabonde transporte « dans tous les temps et dans tous les lieux les « idées, les mœurs * et le langage des bourgeois « de Londres, vient, messieurs, d'être exposée « avec une éloquence égale au moins à votre im- « partialité. Vous étiez seulement les conserva- « teurs du goût, vous allez être ses vengeurs. « Mais quand arrivera le moment si doux de la « vengeance ? Peut-être dans quatre ou cinq ans, « quand nous publierons ce dictionnaire que l'Eu-

* Page 14 du Manifeste.

« rope attend avec une respectueuse impatience.
« Or, je vous le demande, messieurs, chez une
« nation qui depuis peu se livre à la funeste ma-
« nie de tout mettre en discussion, non seulement
« les lois de l'État, mais encore, ce qui est bien
« plus grave, la gloire de ses Académies, quels
« immenses progrès l'erreur et le faux goût ne
« peuvent-ils pas faire pendant quatre années ?
« Je demande que, le 24 avril prochain, jour so-
« lennel de la réunion des quatre Académies,
« vous chargiez l'un de vous de déclarer à un
« peuple avide de vous entendre notre arrêt sur
« le Romantisme. N'en doutez point, messieurs,
« cet arrêt tuera le monstre. »

Des applaudissements unanimes arrachent la parole à l'orateur. M. Auger, académicien d'autant plus strict adorateur des règles que jamais il ne fit rien, est d'une commune voix chargé de foudroyer le *Romantisme*.

Huit jours se passent, M. Auger paraît à la tribune ; il y a foule dans la salle ; on compte treize membres présents ; plusieurs ont revêtu leur costume. Avant de dérouler son manuscrit, le directeur de l'Académie adresse ces mots à l'honorable assemblée :

« Toutes les mesures extrêmes, messieurs, sont
« voisines de dangers extrêmes. En faisant aux
« Romantiques l'honneur insigne de les nommer

« en cette enceinte, vous ferez connaître l'existence de cette secte insolente à certains salons « vénérables, où jusqu'ici le nom du monstre « n'avait point pénétré. Ce péril, tout grand qu'il « puisse vous paraître, n'est encore, du moins à « mes yeux, que le précurseur d'un danger extrême, et à la vue duquel, je ne crains pas de « le dire, messieurs, vous prendrez peut-être la « résolution de priver le peuple français de la « grande leçon que vous lui prépariez dans la solennité du 24 avril. Le célèbre Johnson chez « les Anglais, il y a plus d'un demi siècle ; vers « la même époque le poète Métastase chez les « Italiens ; et de nos jours encore M. le marquis « Visconti ; M. Schlegel, cet Allemand d'une célébrité si funeste qui donna jadis à Mme. de « Staël la cruelle idée de se faire l'apôtre d'une « doctrine malheureuse pour la gloire nationale, « plus malheureuse encore pour l'Académie ; « vingt autres que je pourrais nommer, si je ne « craignais de vous fatiguer de trop de noms ennemis, ont publié des vérités, hélas ! trop claires « aujourd'hui, sur le *Romantisme* en général, et « en particulier sur la nature de l'illusion théâtrale. Ces vérités sont très-propres à éblouir les « gens du monde, en ce qu'elles jettent un jour « dangereux sur les impressions qu'ils vont chercher tous les jours au théâtre. Ces vérités fu-

« nestes ne tendent à rien moins, messieurs, qu'à « couvrir de ridicule notre célèbre UNITÉ DE LIEU, « la pierre angulaire de tout le système classique. « En les réfutant, je courrais le danger de les « faire connaître; j'ai pris le parti plus sage, se- « lon moi, de les traiter comme *non avenues;* « je n'en ai pas dit le plus petit mot dans mon « discours.... » (Interruption, applaudissements universels;) « *grande mesure! profonde poli-* « *tique!* » s'écrie-t-on de toutes parts. « *Nous* « *n'eussions pas mieux fait*, » dit tout bas un jé- suite. L'orateur continue. — « Ne donnons pas, « messieurs, le droit de bourgeoisie aux funestes « doctrines qui ont fait la gloire des Johnson *, « des Visconti, des auteurs de l'*Edinburgh Review* « et de cent autres : reprochons-leur en masse « seulement, et sans les nommer, une obscurité « ridicule. Au lieu de dire les Prussiens, les « Saxons, comme tout le monde, disons les Bruc- « tères et les Sicambres **. Tous les partisans des « saines doctrines applaudiront à tant d'érudition. « Moquons-nous en passant de la pauvreté si « ridicule de ces bons écrivains allemands, qui

---

* Voir la célèbre préface aux œuvres complètes de Shakspeare, imprimée en 1765; examen de cette question, *en quoi consiste l'illusion théâtrale?*

** Page 20 du Manifeste.

« dans un siècle où la *notice* se vend au poids de « l'or, et où le *rapport* mène à tout, *disposés à « l'erreur par leur sincérité* *, se contentent, avec « un goût que j'appellerai si mesquin, d'une vie « frugale et retirée qui les éloigne à jamais de la « pompe des cours, et des brillantes fonctions « qu'on y obtient pour peu qu'on ait de savoir- « faire et de souplesse. Ces pauvres gens allèguent « le prétexte gothique et peu académique, qu'ils « veulent conserver le privilège de dire sur toutes « choses ce qui leur semble la vérité. Ils ajou- « tent, ces pauvres sicambres qui n'ont jamais « rien été sous aucun régime, pas même *censeurs* « ou chefs de bureau, cette maxime dangereuse, « subversive de toute décence en littérature : « RIDENDO DICERE VERUM QUID VETAT? *Ce qui nous « semble vrai, pourquoi ne pas le dire en riant ?* « Je vois, messieurs, à cette phrase sur le ridicule, « un nuage sombre se répandre sur vos physio- « nomies d'ordinaire si épanouies. Je devine l'idée « qui traverse vos esprits ; vous vous souvenez de « certains pamphlets publiés par un *Vigneron*, « et qui ne tendent à rien moins qu'à déconsi- « dérer tout ce qu'il y a au monde de plus res- « pectable, tout ce qu'il y a de considérable parmi « les hommes, je veux dire les choix de l'Acadé-

* Page 5 du Discours de M. Auger.

« mie des Inscriptions et l'admission si mémorable « dans ce Corps savant, de MM. *Jomart* et *Le* « *Prévot-d'Iray*. N'en doutez point, messieurs, « le monstre du Romantisme ne respecte aucune « décence. De ce qu'une chose ne s'est jamais « faite, il en conclut, et j'en frémis, non qu'il « faut soigneusement s'en abstenir, mais au con- « traire, qu'il sera peut-être piquant de la tenter; « de quelque respectable costume qu'un homme « de lettres soit parvenu à se revêtir, il osera s'en « moquer. Ces malheureux Romantiques ont paru « dans la littérature pour déranger toutes nos « existences. Une fois nommé, qui eût dit à notre « collègue *Le Prévot-d'Iray*, qu'on irait lui de- « mander le Mémoire couronné qu'il jura de ne « jamais imprimer?

« Si un Romantique était ici présent, je ne fais « aucun doute, messieurs, qu'il ne se permît, dans « quelque misérable pamphlet, de rendre un « compte ridicule de nos travaux si importants « pour la gloire nationale. Je sais bien que nous « dirons qu'il y a un manque de goût scandaleux « dans de tels ouvrages, qu'ils sont *grossiers*. « D'après un exemple officiel, nous pourrons « même aller jusqu'à les traiter de *cyniques*. Mais « voyez, messieurs, comme tout change; il y a « quarante ans qu'un tel mot eût suffi pour perdre « non-seulement le livre le plus travaillé, mais

« encore son malheureux auteur. Hélas! naguère « ce mot *cynique* appliqué aux écrits de certain « *Vigneron*, homme sans existence, et qui n'a pas « même de voiture, n'a servi qu'à faire vendre « vingt mille exemplaires de son pamphlet. Vous « voyez, messieurs, l'insolence du public et tous « les dangers de notre position. Sachons nous « refuser le plaisir si doux de la vengeance : sa- « chons ne répondre que par le silence du mépris « à tous ces auteurs Romantiques, écrivant pour « les exigences d'un siècle révolutionnaire, et ca- « pables, je n'en doute point, de ne voir dans « quarante personnages graves, se rassemblant à « jours fixes pour ne rien faire, et se dire entre « eux qu'ils sont ce qu'il y a de plus remarquable « dans la nation, que *de grands enfants jouant à* « *la chapelle.* »

Ici les bravos interrompent M. Auger. Mais en prenant la résolution de continuer à écrire le moins possible, les illustres Académiciens semblent avoir entrepris de redoubler de faconde. La foule des orateurs est telle, que l'admission du manifeste rédigé par M. Auger n'a pas occupé moins de quatre séances consécutives. Il y a telle épithète placée avant ou après le substantif *qu'elle affaiblit*, qui a changé sept fois de position, et qui s'est vue l'objet de cinq amendements *.

* Historique.

Je l'avoue, ce manifeste me jette dans un grand embarras. Pour le mettre à l'abri de toute réfutation, messieurs de l'Académie ont usé d'une adresse singulière, et bien digne d'hommes admirés dans Paris, pour les succès de la politique appliquée aux intérêts de la vie privée. Si ces messieurs n'avaient été que des écrivains brillans d'esprit, que de simples successeurs des Voltaire, des La Bruyère, des Boileau, ils auraient cherché à rassembler dans leur écrit des raisons invincibles, et à les rendre intelligibles à tous par un style simple et lumineux. Que serait-il arrivé? On eût attaqué ces raisons par des raisons contraires, une controverse se serait établie; l'infaillibilité de l'Académie eût été mise en doute, et la considération dont elle jouit eût pu recevoir quelque atteinte parmi les gens qui ne s'occupent que de Rentes et d'argent, et qui forment l'immense majorité dans les salons.

En ma qualité de *Romantique*, et pour n'imiter personne, pas même l'Académie, je me proposais de relever une discussion aussi frivole, par un avantage bien piquant et bien rare, *un peu de bonne foi et de candeur*. Je voulais bonnement commencer ma réfutation en réimprimant le manifeste de M. Auger. Hélas! ma bonne foi a failli m'être funeste; c'est aujourd'hui le poison le plus dangereux à manier. A peine ma brochure terminée, je l'ai lue, ou plutôt j'ai tenté de la lire à quelques bons amis brûlant de me siffler ; on s'asseoit, j'ouvre mon cahier, il commençait par le manifeste académique. Mais hélas! à peine étais-je arrivé à la sixième page, qu'un froid mortel se répand dans mon petit salon. Les yeux fixés sur mon manuscrit, ne me doutant de rien, je continuais toujours, cherchant seulement à aller vîte, lorsque l'un des amis m'arrête. C'est un jeune avocat d'un tempérament robuste, aguerri par la lecture des *pièces* dans les procédures, et qui, bien que fortement éprouvé, avait cependant encore la force de parler. Tous les autres, pour mieux se livrer à leur attention profonde, se cachaient le front de la main, et à l'interruption, aucun n'a fait de mouvement. Consterné de cet aspect, je regarde mon jeune avocat: « Les phrases « élégantes que vous nous débitez, me dit-il, « sont bonnes à être récitées dans une assemblée « solennelle ; mais comment ne savez-vous pas « qu'en petit comité il faut au moins une apparence de raison et de bonne foi? Tant que l'on « n'est que sept à huit, tout n'est pas excusé par « la nécessité de faire effet ; chacun voit trop « clairement que personne n'est trompé. Dans « une assemblée nombreuse on pense toujours à « Paris que l'autre côté de la salle est pris pour « dupe et admire. Une séance de l'Académie est

« une cérémonie. L'on y arrive avec l'inquiétude « de ne pas trouver de place; rien en France ne « dispose mieux au respect. Comment tant de « gens s'empresseraient-ils pour ne voir qu'une « chose ennuyeuse? A peine rassemblé, le public « s'occupe des femmes élégantes qui arrivent et « se placent avec fracas; plus tard, il s'amuse à « reconnaître les ministres présens et passés qui « ont daigné se faire de l'Académie; il considère « les cordons et les plaques. Enfin, ce qui sauve « les discours à l'Institut, c'est qu'il y a spectacle. « Mais vous, mon cher, si vous ne trouvez pas « d'autre manière de commencer votre pamphlet « que de citer M. Auger, vous êtes un homme « perdu. »

Deux de nos amis, que nos voix plus animées avaient tirés de la rêverie, ajoutent : « Ah! c'est « bien vrai. » L'avocat reprend : « Comprenez donc « que des phrases académiques sont officielles et « partant faites pour *tromper quelqu'un;* donc il « y a inconvenance à les lire en petit comité, et « surtout entre gens de fortunes égales. »

Ah! répondis-je, *le Constitutionnel* m'avait bien prévenu, si j'avais su le comprendre, que M. Auger était un critique *sage et froid* (N° du 26 avril), il aurait dû dire *très-froid*, à l'effet qu'il produit sur vous; car enfin, messieurs, à l'exception du titre de mon pamphlet, je ne vous ai pas encore lu une phrase de mon cru; et je ne vous en lirai point; je vois que toute réfutation est impossible, puisque, rien qu'en exposant les raisons de ma partie adverse, j'endors le lecteur. Allons chez Tortoni, il est de mon devoir de vous réveiller, et certes je ne vous dirai plus un mot de littérature; je n'ai ni jolies femmes ni grands cordons pour soutenir votre attention.

Comme je parlais ainsi avec un peu d'humeur, contrarié d'avoir travaillé quatre jours pour rien, et d'avoir été dupe de tant de raisonnements qui en les écrivant me semblaient si beaux: « Je vois « bien que vous ne réussirez jamais à rien, reprit « l'avocat; vous vivriez dix ans à Paris, que vous « n'arriveriez pas même à être de la société pour « la morale chrétienne ou de l'académie de géo- « graphie! Qui vous dit de supprimer votre bro- « chure? Hier soir vous m'avez montré une lettre « qui vous est adressée par un de vos amis *clas-* « *siques.* Cet ami vous donne en quatre petites « pages les raisons que M. Auger aurait dû pré- « senter dans son feuilleton de quarante. Impri- « mez cette lettre et votre réponse; arrangez une « préface pour faire sentir au lecteur le tour jé- « suitique et rempli d'une adresse sournoise que « l'Académie cherche à jouer à l'imprudent qui « voudra réfuter son Manifeste. »

De deux choses l'une, se sont dit les membres du premier corps littéraire de l'Europe, *ou l'homme obscur qui nous réfutera, ne nous citera pas, et nous crierons à la mauvaise foi; ou il transcrira le feuilleton de ce pauvre Auger, et sa brochure sera d'un ennui mortel. Nous dirons partout, nous qui sommes quarante contre un : voyez comme ces Romantiques sont ennuyeux et lourds avec leurs prétendues réfutations.*

Je présente donc au public la lettre classique que je reçus deux jours après que le manifeste de M. Auger eut fait son apparition dans le monde par ordre. Cette lettre renferme toutes les objections produites par M. Auger. Ainsi, en réfutant la lettre, j'aurai réfuté le manifeste; et c'est ce que je me réserve de faire sentir aux moins attentifs, en citant à mesure de la discussion plusieurs phrases de M. Auger.

Me fera-t-on quelques reproches du ton que j'ai pris dans cette préface? Rien ne me semble plus naturel et plus simple. Il s'agit entre M. Auger qui n'a jamais rien fait, et moi soussigné qui n'ai jamais rien fait non plus, d'une discussion frivole et assurément sans importance pour la sûreté de l'État, sur cette question difficile : *Quelle route faut-il suivre pour faire aujourd'hui une tragédie qui ne fasse point bâiller dès la quatrième représentation ?*

Toute la différence que je vois entre moi et

M. Auger dont je ne connaissais pas une ligne il y a quatre jours avant de chercher à le réfuter, c'est qu'il a quarante voix éloquentes et considérables dans le monde pour vanter son ouvrage. Quant à moi, j'aime mieux encourir le reproche d'avoir un style heurté que celui d'être vide; tout mon tort, si j'en ai, n'est pas d'être impoli, mais d'être poli plus vite.

Je respecte beaucoup l'Académie comme *corps constitué* (loi de 1821); elle a *ouvert* une discussion littéraire, j'ai cru pouvoir lui répondre. Quant à ceux de messieurs ses membres que je nomme, je n'ai jamais eu l'honneur de les voir. D'ailleurs je n'ai jamais cherché à les offenser le moins du monde, et si j'ai dit *célèbre* à M. Villemain, c'est que j'ai trouvé ce mot-là dans les *Débats* *, dont il est rédacteur, à côté de son nom.

---

* N° du 12 mars 1823.

LETTRE I.

LE CLASSIQUE AU ROMANTIQUE.

Ce 26 avril 1824.

Je vous remercie mille fois, monsieur, de l'aimable envoi que vous m'avez fait; je relirai vos jolis volumes aussitôt que la loi des rentes et les travaux de la session me le permettront.

Je souhaite de tout mon cœur que l'administration de l'Opéra procure jamais aux oreilles de nos *dilettanti* quelques-unes des jouissances que vous dépeignez si bien, mais j'en doute fort; l'*urlo francese* est plus puissant que les tambours de Rossini; rien de plus tenace que les habitudes d'un public qui ne va au spectacle que pour se désennuyer.

Je ne dirai pas que j'ai ou que je n'ai pas trouvé du *romantique* dans votre ouvrage. Il faudrait, avant tout, savoir ce que c'est; et il me semble que, pour jeter quelque lumière sur cette question, il serait bien temps de renoncer aux définitions vagues et abstraites de choses qui doivent être sensibles. Laissons les mots ; cherchons des exemples. Qu'est-ce que le ROMANTIQUE ? Est-ce le *Han d'Islande* du bonhomme Hugo ? Est-ce le *Jean Sbogar* aux phrases retentissantes du vaporeux Nodier ? Est-ce ce fameux *Solitaire*, où un des plus farouches guerriers de l'histoire, après avoir été tué dans une bataille, se donne la peine de ressusciter pour courir après une petite fille de quinze ans, et faire des phrases d'amour ? Est-ce ce pauvre *Faliero*, si outrageusement reçu aux Français, et traduit pourtant de lord Byron ? Est-ce le *Christophe Colomb* de M. Lemercier, où, si j'ai bonne mémoire, le public, embarqué dès le premier acte dans la caravelle du navigateur génois, descendait au troisième sur les rivages d'Amérique ? Est-ce la *Panhypocrisiade* du même poëte, ouvrage dont quelques centaines de vers très-bien faits et très-philosophiques ne sauraient faire excuser la monotone bizarrerie et le prodigieux dévergondage d'esprit ? Est-ce la *la mort de Socrate* du P. Lamartine, *le Parricide* de M. Jules Lefèvre, ou l'*Éloa*, ange femelle, née d'une larme de Jésus-Christ, de M. le comte de Vigny ? Est-ce enfin la fausse sensibilité, la prétentieuse élégance, le pathos obligé de cet essaim de jeunes poètes qui exploitent le *genre rêveur*, les *mystères de l'âme*, et qui, bien nourris, bien rentés, ne cessent de chanter les misères humaines et les joies de la mort? Tous ces ouvrages ont fait du bruit en naissant; tous ont été cités comme modèles dans le *genre nouveau;* tous sont ridicules aujourd'hui.

Je ne vous parle point de quelques productions réellement trop pitoyables malgré l'espèce de succès qui a signalé leur entrée dans le monde. On connaît le compérage des journaux, les ruses des auteurs, les éditions à cinquante exemplaires, les faux-titres, les frontispices refaits*, les caractères remaniés, etc., etc.; tout ce petit charlatanisme est mis à découvert depuis long-temps. Il faut que la guerre entre les Romantiques et les Classiques soit franche et généreuse : les uns et les autres ont quelquefois des champions qui déshonorent la cause qu'ils prétendent servir; et à propos de style, par exemple, il n'y aurait pas plus de justice à reprocher à votre école d'avoir produit le célèbre vicomte *inversif*, qu'il n'y en aurait de votre part à accuser le Classicisme d'avoir produit un Chapelain ou un Pradon. Je ne citerais même pas comme appartenant probablement au genre romantique les ouvrages que

---

* Voir un numéro de *la Pandore* relatif à un débat d'intérêt entre le très-lyrique auteur de *Han* et son libraire Persan.

je viens de vous rappeler, si la plupart de ceux qui les ont faits ne se décoraient dans le monde du beau nom d'*écrivains romantiques*, avec une assurance qui doit vous désespérer.

Examinons le peu d'ouvrages qui, depuis vingt ans, ont eu un succès que chaque jour a confirmé. Examinons *Hector*, *Tibère*, *Clytemnestre*, *Sylla*, *l'École des Vieillards*, *les Deux Gendres*, et quelques pièces de Picard et de Duval; examinons les divers autres genres, depuis les romans de madame Cottin jusqu'aux chansons de Béranger; et nous reconnaîtrons que tout ce qu'il y a de bon, de beau et d'applaudi dans tous ces ouvrages, tant pour le style que pour l'ordonnance, est conforme aux préceptes et aux exemples des bons écrivains du vieux temps, lesquels n'ont vécu, lesquels ne sont devenus classiques que parce que, tout en cherchant des sujets nouveaux, ils n'ont jamais cessé de reconnaître l'autorité de l'École. Je ne vois réellement que Corinne qui ait acquis une gloire impérissable sans se modeler sur les anciens; mais une exception, comme vous savez, confirme une règle.

N'oublions pas que le public français est encore plus obstiné dans ses admirations que les auteurs dans leurs principes; car les plus classiques renieraient demain Racine et Virgile si l'expérience leur prouvait une fois que c'est un moyen d'avoir du génie. Vous regrettez qu'on ne vous joue pas *Macbeth*. On l'a joué, le public n'en a pas voulu; il est vrai qu'on n'y voyait ni le sabbat des sorcières, ni le choc guerrier de deux grandes armées se heurtant, se poussant, se culbutant sur le théâtre comme au mélodrame, ni enfin sir Macduf arrivant la tête de Macbeth à la main.

Voilà, monsieur, le fond de ma doctrine ou de mes préjugés. Cela n'empêchera pas les *Romantiques* d'aller leur train; mais je voudrais qu'un écrivain aussi positif et aussi clairvoyant que vous voulût bien nous montrer ce qu'est, ou plutôt ce que peut être le *Romantique* dans la littérature française, et relativement au goût qu'elle s'est fait. Je n'aime pas plus que vous la fausse grandeur, le jargon des ruelles et les marquis portant des perruques de mille écus *; je conviens avec vous que cent cinquante ans d'Académie Française nous ont furieusement ennuyés. Mais ce que les anciens ont de beau et de bon n'est-il pas de tous les temps? Au surplus, vous dites qu'il nous faut aujourd'hui « *un genre clair, vif, simple,* « *allant droit au but.* » Il me semble que c'est une des règles des classiques, et nous ne demandons pas autre chose à MM. Nodier, Lamartine, Guiraud, Hugo, de Vigny et consorts. Vous voyez,

* Préface de la première partie de *Racine et Shakspeare*. — Bossange, 1823.

monsieur, que nous nous entendons beaucoup mieux qu'on ne le dirait d'abord, et qu'au fond nous combattons presque sous le même drapeau. Excusez mon bavardage, et recevez l'expression de mes sentimens les plus distingués. *

LE C. N.

---

* La *Pandore* du 29 mars 1824 dit avec des injures ce que la lettre que je viens de transcrire présente avec beaucoup de politesse et d'esprit.

« Qu'est-ce que le *Romantisme?* Peut-on faire un genre à part de l'extravagance, du désordre et de l'enthousiasme froid? Que signifie cette puérile distinction? Il n'y a au fond ni genre classique, ni genre romantique.... Disons-le, cette division que l'on cherche à introduire dans la littérature est l'ouvrage de la médiocrité. Êtes-vous doué d'un esprit juste?... Êtes-vous disposé à l'exaltation?.... Soyez clair et élégant, et vous serez sûr de ne pas vous rencontrer avec ceux qui ont inventé cette *absurde distinction*.

E. JOUY. »

J'avoue que plusieurs des mots qu'emploie M. E. Jouy ne sont pas à mon usage; mais aussi je n'ai pas *Sylla* à défendre!

RÉPONSE.

LE ROMANTIQUE AU CLASSIQUE.

Ce 28 avril.

Monsieur,

Si un homme se présente et dit : j'ai une excellente méthode pour faire de belles choses, on lui dit : *faites.*

Mais si cet homme qui se présente est un chirurgien et s'appelle Forlenze, et qu'il parle à des aveugles-nés, il leur dit, pour les engager à se faire opérer de la cataracte : vous verrez de belles choses après l'opération, par exemple, le soleil... Ils l'interrompent en tumulte : *citez-nous*, disent-ils, *un de nous qui ait vu le soleil.*

Je ne prétends pas trop presser cette petite comparaison ; mais enfin personne en France n'a encore travaillé d'après le système romantique, et les bons hommes Guiraud et compagnie, moins que personne. Comment faire pour vous citer des exemples?

Je ne nierai point que l'on ne puisse créer de belles choses, même aujourd'hui, en suivant le système *classique*; mais elles seront *ennuyeuses*.

C'est qu'elles seront en partie calculées sur les exigences des Français de 1670, et non sur les besoins moraux, sur les passions dominantes du Français de 1824. Je ne vois que *Pinto* qui ait été fait pour des Français modernes. Si la police laissait jouer *Pinto*, en moins de six mois le public ne pourrait plus supporter les conspirations en vers alexandrins. Je conseille donc aux classiques de bien aimer la police, autrement ils seraient des ingrats.

Quant à moi, dans ma petite sphère, et à une distance immense de *Pinto* et de tout ouvrage approuvé du public, j'avouerai d'abord que, manquant d'occupations plus sérieuses depuis 1814, j'écris comme on fume un cigarre, pour passer le temps; une page qui m'a amusé à l'écrire est toujours bonne pour moi.

J'apprécie donc autant que je le dois, et plus que personne, toute la distance qui me sépare des écrivains en possession de l'admiration publique et de l'Académie française. Mais enfin, si M. Villemain ou M. de Jouy avaient reçu par la petite poste le manuscrit de la *Vie de Rossini*, ils l'auraient considéré comme un *écrit en langue étrangère*, et l'auraient *traduit* en beau style académique, dans le goût de la *préface* de la *République de Cicéron*, par M. Villemain, ou des lettres de *Stephanus Ancestor*. Bonne aventure pour le libraire, qui aurait eu vingt articles dans les journaux, et serait maintenant occupé à préparer la sixième édition de son livre; mais moi, en essayant de l'écrire de ce beau style académique, je me serais ennuyé, et vous avouerez que j'aurais fait un métier de dupe. A mes yeux, ce style arrangé, compassé, plein de chutes piquantes, *précieux*, s'il faut dire toute ma pensée, convenait merveilleusement aux Français de 1785; M. Delille fut le héros de ce style : j'ai *tâché* que le mien convienne aux enfants de la révolution, aux gens qui cherchent la pensée plus que la beauté des mots; aux gens qui, au lieu de lire Quinte-Curce et d'étudier Tacite, ont fait la campagne de Moskou et vu de près les étranges transactions de 1814.

J'ai ouï parler, à cette époque, de plusieurs petites conspirations. C'est depuis que je méprise les conspirations en vers alexandrins, et que je désire la *tragédie en prose* : une *mort de Henri III*, par exemple, dont les quatre premiers actes se passent à Paris et durent un mois (il faut bien ce temps pour la séduction de Jacques Clément), et le dernier acte à Saint-Cloud. Cela m'intéresserait davantage, je l'avoue, que Clytemnestre ou Régulus faisant des tirades de quatre-vingts vers et de l'esprit *officiel*. La *tirade* est peut-être ce qu'il y a de plus *anti-romantique* dans le système de Racine; et s'il fallait absolument choisir, j'aimerais encore mieux voir conserver les deux unités que la *tirade*.

Vous me défiez, monsieur, de répondre à cette simple question : Qu'est-ce que la tragédie romantique?

Je réponds hardiment : C'est la tragédie en prose qui dure plusieurs mois et se passe en des lieux divers.

Les poètes qui ne peuvent pas comprendre ces sortes de discussions, fort difficiles, M. Viennet, par exemple, et les gens qui ne veulent pas comprendre, demandent à grands cris une idée *claire*. Or, il me semble que rien n'est plus clair que ceci : *Une tragédie romantique est écrite en prose, la succession des évènements qu'elle présente aux yeux des spectateurs dure plusieurs mois, et ils se passent en des lieux différents.* Que le ciel nous envoie bientôt un homme à talent pour faire une telle tragédie; qu'il nous donne la *mort de Henri IV*, ou bien *Louis XIII au Pas-de-Suze*. Nous verrons le brillant Bassompierre dire à ce roi, vrai Français, si brave et si faible : «*Sire, les danseurs sont prêts; quand votre majesté vou-*

dra; le bal commencera. » Notre histoire, ou plutôt nos mémoires historiques, car nous n'avons pas d'histoire, sont remplis de ces mots naïfs et charmants, et la tragédie romantique seule peut nous les rendre *. Savez-vous ce qui arriverait de l'apparition de *Henri IV*, tragédie romantique dans le goût du Richard III de Shakspeare? Tout le monde tomberait d'accord à l'instant sur ce que veut dire ce mot, *genre romantique;* et bientôt dans le genre classique l'on ne pourrait plus jouer que les pièces de Corneille, de Racine, et de ce Voltaire qui trouva plus facile de faire du style tout à fait épique dans *Mahomet*, *Alzire*, etc., que de s'en tenir à la simplicité noble et souvent si touchante de Racine. En 1670, un Duc et Pair attaché à la cour de Louis XIV, appelait son fils, en lui parlant, *monsieur le Marquis*, et Racine eut une raison pour faire que Pilade appelle Oreste *Seigneur*. Aujourd'hui les pères tutoient leurs

---

* Cherchez dans le second volume des *Chroniques* de Froissart, publiées par M. Buchon, la narration du siége de Calais par Édouard III, et le dévouement d'Eustache de Saint-Pierre; lisez immédiatement après *le Siége de Calais*, tragédie de du Belloy: et si le ciel vous a donné quelque délicatesse d'ame, vous désirerez passionnément comme moi la *tragédie nationale en prose*. Si *la Pandore* n'avait pas gâté ce mot, je dirais que ce sera un genre éminemment *français*, car aucun peuple n'a sur son *moyen âge* des mémoires piquants comme les nôtres. Il ne faut imiter de Shakspeare que l'*art*, que la manière de peindre, et non pas les objets à peindre.

enfants; ce serait être *classique* que d'imiter la dignité du dialogue de Pilade et d'Oreste. Aujourd'hui une telle amitié nous semble appeler le tutoiement. Mais si je n'ose vous expliquer ce que serait une tragédie romantique intitulée *la mort de Henri IV*, en revanche, je puis vous dire librement ce que serait une *comédie romantique* en cinq actes, intitulée *Lanfranc ou le Poète*; ici je ne cours d'autre risque que de vous ennuyer.

LANFRANC OU LE POÈTE,

COMÉDIE EN CINQ ACTES.

Au premier acte, Lanfranc ou le Poète va rue de Richelieu, et présente sa comédie nouvelle avec toute la simplicité du génie au comité du Théâtre Français; on voit que je suppose du génie à M. Lanfranc, je crains les applications. Sa comédie est éconduite, comme de juste, et même l'on se moque de lui. Qu'est-ce en effet à Paris, même en littérature, qu'un homme qui ne peut pas placer deux cents billets au jour de l'an?

Au second acte, Lanfranc intrigue, car des amis inconsidérés lui ont donné le conseil d'intriguer; il va voir, dès le matin, des gens puissants; mais il intrigue avec toute la maladresse du génie; il effraie par ses discours les gens considérables qu'il va solliciter.

Le résultat de ses visites dans le faubourg Saint-

Germain est de se voir éconduit comme un fou dangereux, au moment où il s'imagine avoir séduit tous les cœurs de femmes par les grâces de son imagination, et conquis les hommes par la profondeur de ses aperçus.

Tant de tracas et de mécomptes, et plus que tout le mortel dégoût de passer sa vie avec des gens qui ne prisent au monde que l'argent et les cordons, font qu'au troisième acte, il est tout disposé à jeter sa comédie au feu; mais tout en intriguant, il est devenu passionnément amoureux d'une jolie actrice des Français, qui le paie du plus tendre retour.

Les ridicules sans bornes ni mesure de l'homme de génie amoureux d'une Française remplissent le troisième acte et une partie du quatrième. C'est au milieu de ce quatrième acte, que sa belle maîtresse vient à lui préférer un jeune Anglais, parent de ce sir John Bikerstaff qui n'a que trois millions de rente. *Lanfranc*, pour se dépiquer une nuit qu'il est au désespoir, fait un pamphlet plein de verve et de feu sur les contrariétés et les ridicules qu'il a rencontrés depuis deux mois, (le pamphlet est la comédie de l'époque). Mais cette verve et ce feu sont du *poison*, comme dit Paul-Louis Courier, et ce poison le conduit droit à Sainte-Pélagie.

Les premières craintes de l'accusation, la mine

alongée des amis libéraux si hardis la veille, la saisie du pamphlet, le désespoir du libraire, père de sept enfans, la mise en jugement, le réquisitoire de M. le procureur du Roi, le plaidoyer piquant de M. Mérilhou, les idées et propos plaisans des jeunes avocats présens à l'audience, les étranges choses que ces propos révèlent avant, pendant et après le jugement; voilà le cinquième acte, dont la dernière scène est l'écrou à Sainte-Pélagie pour un emprisonnement de quinze jours, suivi de la perte de tout espoir de voir à tout jamais la censure tolérer la représentation de ses comédies.

Hé bien! d'après la saisie des *Tablettes romaines*, qui a eu lieu ce matin, croyez-vous que j'aurais pu esquisser avec ce détail la tragédie de la *Mort de Henri IV*, événement d'hier qui ne compte guère que deux cent quatorze ans de date? et ne me voyez-vous pas, pour prix de mon esquisse, débuter comme finit mon héros *Lanfranc*?

Voilà ce que j'appelle une comédie romantique; les événements durent trois mois et demi, elle se passe en divers lieux de Paris, situés entre le Théâtre Français et la rue de la Clé; enfin, elle est en prose, en *vile prose*, entendez-vous.

Cette comédie de *Lanfranc ou le Poète* est

romantique, par une autre raison bien meilleure que toutes celles que je viens d'exposer, mais, il faut l'avouer, bien autrement difficile à saisir, tellement difficile, que j'hésite presque à vous la dire. Les gens d'esprit qui ont eu des succès par des tragédies en vers diront que je suis *obscur*; ils ont leurs bonnes raisons pour ne pas entendre. Si l'on joue *Macbeth* en prose, que devient la gloire de *Sylla*?

Lanfranc ou le Poëte est une comédie romantique, parce que les événemens *ressemblent* à ce qui se passe tous les jours sous nos yeux. Les auteurs, les grands seigneurs, les juges, les avocats, les hommes de lettres de la trésorerie, les espions, etc., qui parlent et agissent dans cette comédie, sont tels que nous les rencontrons tous les jours dans les salons; pas plus affectés, pas plus *guindés* qu'ils ne le sont dans la nature, et certes c'est bien assez. Les personnages de la comédie classique, au contraire, semblent affublés d'un double masque, d'abord l'effroyable affectation que nous sommes obligés de porter dans le monde, sous peine de ne pas atteindre à la considération, plus l'affectation de noblesse, encore plus ridicule, que le poëte leur prête de son chef en les traduisant en vers alexandrins.

Comparez les événemens de la comédie intitulée *Lanfranc ou le Poëte* à la fable du même sujet traité par la muse classique; car dès le premier mot, vous avez deviné que ce n'est pas sans dessein que j'ai choisi le principal caractère d'une des comédies classiques les plus renommées: comparez, dis-je, les actions de *Lanfranc* à celles du Damis de *la Métromanie*. Je n'ai garde de parler du style ravissant de ce chef-d'œuvre, et cela par une bonne raison; la comédie de *Lanfranc ou le Poète n'a pas de style*, et c'est à mon avis par là qu'elle brille, c'est le côté par où je l'estime. Ce serait en vain que vous y chercheriez une tirade brillante; ce n'est qu'une fois ou deux dans les cinq actes qu'il arrive à un personnage de dire de suite plus de douze ou quinze lignes. Ce ne sont pas les paroles de Lanfranc qui étonnent et font rire, ce sont ses actions inspirées par des motifs qui ne sont pas ceux du commun des hommes, et c'est pour cela qu'il est poète, autrement il serait un homme de lettres.

Est-il besoin d'ajouter que ce que je viens de dire de la comédie de *Lanfranc* ne prouve nullement qu'il y ait du talent? Or, si cette pièce manque de feu et de génie, elle sera bien plus ennuyeuse qu'une comédie classique qui, à défaut de plaisir dramatique, donne le plaisir d'*ouïr de beaux vers*. La comédie romantique, sans talent, n'ayant pas de beaux vers pour éblouir le spectateur, ennuiera dès le premier jour. Nous voici revenus par un autre chemin à cette vérité de si mauvais goût, disent les gens d'Académie, ou qui y prétendent : *le vers alexandrin n'est souvent qu'un cache-sottise* *.

Mais le talent supposé, si les détails de la comédie de *Lanfranc* sont vrais, s'il y a du feu, si le style ne se fait jamais remarquer et ressemble à notre parler de tous les jours, je dis que cette comédie répond aux exigences actuelles de la société française.

Molière, dans *le Misanthrope*, a cent fois plus de génie que qui que ce soit ; mais Alceste n'osant pas dire au marquis Oronte que son sonnet est mauvais, dans un siècle où *le Miroir* critique librement le *Voyage à Coblentz*, présente à ce géant si redoutable et pourtant si Cassandre, nommé Public, précisément le portrait détaillé d'une chose qu'il n'a jamais vue et qu'il ne verra plus.

Après avoir entrevu cette comédie de *Lanfranc ou le Poète* que pour établir mon raisonnement, je suis forcé de supposer aussi bonne que les Proverbes de M. Théodore Leclercq, et qui peint si bien nos actrices, nos grands seigneurs, nos juges, nos amis libéraux, Sainte-Pélagie, etc., etc., etc. ;

---

* Les vers anglais ou italiens peuvent tout dire, et ne font pas obstacle aux beautés dramatiques.

en un mot, la société telle qu'elle vit et se meut en 1824; daignez, monsieur, relire *la Métromanie*, le rôle de Francaleu, celui du Capitoul, etc.; si, après vous être donné le plaisir de revoir ces jolis vers, vous déclarez que vous préférez Damis à Lanfranc, que puis-je répondre à un tel mot? Il est des choses qu'on ne prouve pas. Un homme va voir la Transfiguration de Raphaël au Musée *. Il se tourne vers moi, et d'un air fâché: « Je ne « vois pas, dit-il, ce que ce tableau vanté a de si « sublime. — A propos, lui dis-je, savez-vous ce « que la rente a fait hier soir fin courant? » Car il me semble que, lorsqu'on rencontre des gens tellement différens de nous, il y a péril à engager la discussion. Ce n'est point orgueil, mais crainte de l'ennui. A Philadelphie, vis-à-vis la maison habitée jadis par Franklin, un nègre et un blanc eurent un jour une dispute fort vive sur la vérité du coloris du Titien. Lequel avait raison? En vérité je l'ignore; mais ce que je sais, c'est que l'homme qui ne goûte pas Raphaël, et moi, sommes deux êtres d'espèces différentes; il ne peut y avoir rien de commun entre nous. A ce fait, je ne vois pas le plus petit mot à ajouter.

Un homme vient de lire *Iphigénie en Aulide* de Racine, et le *Guillaume Tell* de Schiller; il me

* Elle y reviendra.

jure qu'il aime mieux les gasconnades d'Achille que le caractère *antique* et vraiment grand de Tell. A quoi bon discuter avec un tel homme? Je lui demande quel âge à son fils, et je calcule à part moi à quelle époque ce fils paraîtra dans le monde et fera l'opinion.

Si j'étais assez dupe pour dire à ce brave homme: Monsieur, mettez-vous en expérience, daignez voir jouer une seule fois le *Guillaume Tell* de Schiller, il saurait bien me répondre comme le vrai Classique des *Débats*: non seulement je ne verrai jamais jouer cette rapsodie tudesque, et je ne la lirai pas, mais encore par mon crédit j'empêcherai bien qu'on ne la joue *.

Hé bien! ce Classique des *Débats*, qui veut combattre une idée avec une baïonnette, n'est pas si ridicule qu'il le paraît. A l'insu de la plupart des hommes, l'habitude exerce un pouvoir despotique sur leur imagination. Je pourrais citer un grand prince, fort instruit d'ailleurs, et que l'on devrait croire parfaitement à l'abri des illusions de la sensibilité; ce roi ne peut souffrir dans son conseil la présence d'un homme de mérite, si cet homme porte des cheveux sans poudre. Une tête sans poudre lui rappelle les images sanglantes de la révolution française, premiers

* Historique.

objets qui frappèrent son imagination royale, il y a trente-un ans. Un homme à cheveux coupés, comme nous, pourrait soumettre à ce prince des projets conçus avec la profondeur de Richelieu ou la prudence de Kaunitz, que pendant tout le temps de sa lecture, le prince n'aurait d'attention que pour la coiffure repoussante du ministre. Je vois un trésor de tolérance littéraire dans ce mot : l'habitude exerce un pouvoir despotique sur l'imagination des hommes même les plus éclairés, et par leur imagination sur les plaisirs que les arts peuvent leur donner. Où trouver le secret d'éloigner de telles répugnances de l'esprit de ces Français aimables qui brillèrent à la cour de Louis XVI, que M. de Ségur fait revivre dans ses charmans souvenirs, et dont *le Masque de Fer* peint en ces mots les idées d'élégance ?

« Autrefois, me disais-je, c'est-à-dire en 1786, si j'avais dû aller à la Chambre, et que voulant faire un peu d'exercice pour ma santé, j'eusse quitté ma voiture au Pont-Tournant pour la reprendre au Pont Royal, mon costume seul m'eût recommandé au respect du public. J'eusse été vêtu de ce que nous appelions si ridiculement un habit *habillé*. Cet habit eût été de velours ou de satin en hiver, de taffetas en été ; il eût été brodé et enrichi de mes ordres. J'aurais eu, quelque vent qu'il pût faire, mon chapeau à plumet sous le bras. J'aurais eu un toupet carré, à cinq pointes dessinées sur le front; j'aurais été poudré à frimas, avec de la poudre blanche par dessus de la poudre grise; deux rangs de boucles eussent de chaque côté relevé ma coiffure; et par derrière ils eussent fait place à une belle bourse de taffetas noir. Je conviens avec Votre Altesse que cette coiffure n'est pas primitive, mais elle est éminemment aristocratique, et par conséquent sociale. Quelque froid qu'il fît, par le vent de bise et la gelée, j'eusse traversé les Tuileries en bas de soie blancs avec des souliers de peau de chèvre. Une petite épée ornée d'un nœud de rubans et d'une dragonne, parce que j'étais colonel à 18 ans, m'eût battu dans les jambes, et j'aurais caché mes mains ornées de manchettes de longues dentelles dans un gros manchon de renard bleu. Une légère douillette de taffetas, simplement jetée sur ma personne, aurait eu l'air de me défendre du froid, et je l'aurais cru moi-même » *.

Je crains bien qu'en fait de musique, de peinture, de tragédie, ces Français-là et nous, nous ne soyons à jamais inintelligibles les uns pour les autres.

Il y a des Classiques qui ne sachant pas le grec se ferment au verrou pour lire Homère en fran-

---

* *Le Masque de Fer*, pag. 150.

çais, et même en français ils trouvent sublime ce grand peintre des temps sauvages. En tête des dialogues si vrais et si passionnés qui forment la partie la plus entraînante des poésies d'Homère, imprimez le mot TRAGÉDIE, et à l'instant ces dialogues, qu'ils admiraient comme de la poésie épique, les choqueront et leur déplairont mortellement comme tragédie. Cette répugnance est absurde, mais ils n'en sont pas les maîtres; mais ils la sentent, mais elle est évidente pour eux, aussi évidente que les larmes que nous font verser *Roméo et Juliette* le sont pour nous. Je conçois que, pour ces littérateurs estimables, le Romantisme soit une insolence. Ils ont eu l'unanimité pendant quarante ans de leur vie, et vous les avertissez que bientôt ils vont se trouver seuls de leur avis.

Si la tragédie en prose était nécessaire aux besoins physiques des hommes, on pourrait entreprendre de leur démontrer son utilité; mais comment prouver à quelqu'un qu'une chose qui lui donne un sentiment de répugnance invincible peut et doit lui faire plaisir?

Je respecte infiniment ces sortes de *Classiques*, et je les plains d'être nés dans un siècle où les fils ressemblent si peu à leurs pères. Quel changement de 1785 à 1824! Depuis deux mille ans que nous savons l'histoire du monde, une révolution aussi brusque dans les habitudes, les idées, les croyances, n'est peut-être jamais arrivée. Un des amis de ma famille, auquel j'étais allé rendre mes devoirs dans sa terre, disait à son fils : « Que « signifient vos sollicitations éternelles et vos « plaintes amères contre M. le ministre de la « guerre? Vous voilà déjà lieutenant de cavalerie « à trente-deux ans; savez-vous bien que je n'ai « été fait capitaine qu'à cinquante? »

Le fils était rouge de colère, et pourtant le père disait un mot qui pour lui était de la dernière évidence : comment mettre d'accord ce père et ce fils?

Comment persuader à un homme de lettres de cinquante ans qui trouve brillant de naturel le rôle de Zamore dans *Alzire*, que le *Macbeth* de Shakspeare est un des chefs-d'œuvre de l'esprit humain? Je disais un jour à un de ces messieurs : vingt-huit millions d'hommes, savoir : dix-huit millions en Angleterre, et dix millions en Amérique, admirent *Macbeth* et l'applaudissent cent fois par an. — Les Anglais, me répondit-il, d'un grand sang-froid, ne peuvent avoir de véritable éloquence, ni de poésie vraiment admirable; la nature de leur langue, non dérivée du latin, s'y oppose d'une manière invincible. Que dire à un tel homme qui, d'ailleurs, est de très-bonne foi? Nous sommes toujours au même point, comment *prouver* à quelqu'un que la Transfiguration est admirable?

Molière était romantique en 1670, car la cour était peuplée d'Orontes, et les châteaux de province d'Alcestes fort mécontents. A le bien prendre, TOUS LES GRANDS ÉCRIVAINS ONT ÉTÉ ROMANTIQUES DE LEUR TEMPS. C'est un siècle après leur mort, les gens qui les copient au lieu d'ouvrir les yeux et d'imiter la nature, qui sont classiques *.

Êtes-vous curieux d'observer l'effet que produit à la scène cette circonstance de *ressembler à la nature* ajoutée à un chef-d'œuvre? Voyez le vol que prend depuis quatre ans le succès du *Tartuffe*. Sous le Consulat et dans les premières années de l'Empire, *le Tartuffe* ne ressemblait à

---

* Virgile, le Tasse, Térence, sont peut-être les seuls grands poëtes *classiques*. Encore sous une forme classique et copiée d'Homère, à chaque instant le Tasse met-il les sentiments tendres et chevaleresques de son siècle. A la renaissance des lettres après la barbarie des neuvième et dixième siècles, Virgile était tellement supérieur au poëme de l'abbé Abbon sur le *siége de Paris par les Normands*, que pour peu qu'on eût de sensibilité, il n'y avait pas moyen de n'être pas *Classique*, et de ne pas préférer Turnus à Hérivée. A l'instar des choses qui nous semblent les plus odieuses maintenant : la féodalité, les moines, etc., le *Classicisme* a eu son moment où il était utile et naturel. Mais aujourd'hui (15 février, jour de mardi gras), n'est-il pas ridicule que pour me faire rire on n'ait pas d'autre *farce* que *Pourceaugnac*, composé il y a cent cinquante ans?

rien comme *le Misanthrope*, ce qui n'empêchait pas les La Harpe, les Lemercier, les Auger et autres grands critiques de s'écrier : *Tableau de tous les temps comme de tous les lieux*, etc., etc., et les provinciaux d'applaudir.

Le comble de l'absurde et du *classicisme*, c'est de voir des habits galonnés dans la plupart de nos comédies modernes. Les auteurs ont grandement raison; la fausseté de l'habit prépare à la fausseté du dialogue; et comme le vers alexandrin est fort commode pour le prétendu poète vide d'idées, l'habit galonné ne l'est pas moins pour le maintien embarrassé et les graces de convention du pauvre comédien sans talent.

Monrose joue bien les Crispins, mais qui a jamais vu de Crispin?

Perlet, le seul Perlet, nous peignait au naturel les ridicules de notre société actuelle; on voyait en lui, par exemple, la *tristesse* de nos jeunes gens qui, au sortir du collége, commencent si spirituellement la vie par le sérieux de quarante ans. Qu'est-il arrivé? Perlet n'a pas voulu, un soir, imiter la bassesse des histrions de 1780, et pour avoir été un Français de 1824, tous les théâtres de Paris lui sont fermés.

J'ai l'honneur, etc.

S.

LETTRE III.

LE ROMANTIQUE AU CLASSIQUE.

Le 26 avril à midi.

Monsieur,

Votre inexorable sagacité me fait peur. Je reprends la plume deux heures après vous avoir écrit; aujourd'hui que la petite poste va si vite, je tremble de voir arriver votre réponse. La justesse admirable de votre esprit va m'attaquer, j'en suis sûr, par une petite porte que j'ai laissée entr'ouverte à la critique. Hélas! mon intention était louable, je voulais être bref.

Le Romantisme appliqué à celui des plaisirs de l'esprit à l'égard duquel a lieu la véritable bataille entre les Classiques et les Romantiques, entre Racine et Shakspeare, c'est une tragédie en prose qui dure plusieurs mois et dont les évènements se passent en des lieux divers. Il peut cependant y avoir telle tragédie romantique dont les évènements soient resserrés, par le hasard, dans l'enceinte d'un palais et dans une durée de trente-six heures. Si les divers incidents de cette tragédie ressemblent à ceux que l'histoire nous dévoile, si le langage, au lieu d'être épique et officiel, est simple, vif, brillant de naturel, sans tirades ; ce n'est pas le cas, assurément fort rare, qui aura placé les évènements de cette tragédie dans un palais, et dans l'espace de temps indiqué par l'abbé d'Aubignac, qui l'empêchera d'être romantique, c'est-à-dire d'offrir au public les impressions dont il a besoin, et par conséquent d'enlever les suffrages des gens qui pensent par eux-mêmes. *La Tempête* de Shakspeare, toute médiocre qu'elle soit, n'en est pas moins une pièce romantique par ce qu'elle ne dure que quelques heures, et que les incidents dont elle se compose ont lieu dans le voisinage immédiat et dans l'enceinte d'une petite île de la Méditerranée.

Vous combattez mes théories, monsieur, en rappelant le succès de plusieurs tragédies imitées de Racine (*Clytemnestre*, *le Paria*, etc.), c'est-à-dire remplissant aujourd'hui, et avec plus ou moins de gaucherie, les conditions que le goût des marquis de 1670 et le ton de la cour de Louis XIV imposait à Racine. Je réponds : telle est la puissance de l'art dramatique sur le cœur humain, que quelle que soit l'absurdité des règles auxquelles les pauvres poètes sont obligés de se soumettre, cet art plaît encore. Si Aristote ou l'abbé d'Aubignac avaient imposé à la tragédie française la règle de ne faire parler ses personnages que par monosyllabes, si tout mot qui a plus d'une syllabe était banni du théâtre français et du style poétique, avec la même sévérité que le mot *pistolet*, par exemple; hé bien! malgré cette règle absurde, les tragédies faites par des hommes de génie plairaient encore. Pourquoi? C'est qu'en dépit de la règle du monosyllabe, pas plus étonnante que tant d'autres, l'homme de génie aurait trouvé le secret d'accumuler dans sa pièce une richesse de pensées, une abondance de sentiments qui nous saisissent d'abord: la sottise de la règle lui aura fait sacrifier plusieurs répliques touchantes, plusieurs sentiments d'un effet sûr; mais peu importe au succès de sa tragédie *tant que la règle subsiste.* C'est au moment où elle tombe enfin sous les coups tardifs que lui porte le bon sens, que l'ancien poète court un vrai danger. *Avec beaucoup moins de talent*, ses successeurs pourront, dans le même sujet, faire mieux que lui? Pourquoi? C'est qu'ils oseront se servir de ce mot propre, unique, nécessaire, *indispensable*, pour faire voir telle émotion de l'ame, ou pour raconter tel incident de l'intrigue. Comment voulez-vous qu'Othello, par exemple, ne prononce pas le mot ignoble *mouchoir*, lorsqu'il tue la femme qu'il adore, uniquement parce qu'elle a laissé enlever par son rival Cassio le mouchoir fatal qu'il lui avait donné aux premiers temps de leurs amours ?

Si l'abbé d'Aubignac avait établi que les acteurs dans la *comédie* ne doivent marcher qu'à clochepied, la comédie des *Fausses confidences* de Marivaux, jouée par mademoiselle Mars, nous toucherait encore malgré cette idée bizarre. C'est que nous ne verrions pas l'idée bizarre *. Nos grands-pères étaient attendris par l'Oreste d'*Andromaque*, joué avec une grande perruque poudrée, et en bas rouges avec des souliers à rosette de rubans couleur de feu.

Toute absurdité dont l'imagination d'un peuple a pris l'habitude n'est plus une absurdité pour lui, et ne nuit presque en rien aux plaisirs du gros de ce peuple, jusqu'au moment fatal où quelque indiscret vient lui dire : *ce que vous admirez est absurde*. A ce mot beaucoup de gens sincères avec eux-mêmes, et qui croyaient leur ame fermée à la poésie, respirent; pour la trop aimer, ils croyaient ne pas l'aimer. C'est ainsi qu'un jeune homme à qui le ciel a donné quel-

---

* Tout ridicule inaperçu n'existe pas dans les arts.

que délicatesse d'ame, si le hasard le fait sous-lieutenant et le jette à sa garnison, dans la société de certaines femmes, croit de bonne foi, en voyant les succès de ses camarades et le genre de leurs plaisirs, être insensible à l'amour. Un jour enfin le hasard le présente à une femme simple, naturelle, honnête, digne d'être aimée, et il sent qu'il a un cœur.

Beaucoup de gens âgés sont classiques de bonne foi : d'abord ils ne comprennent pas le mot *Romantique;* tout ce qui est lugubre et niais, comme la séduction d'Éloa par Satan, ils le croient romantique sur la foi des *poètes-associés* des bonnes lettres. Les contemporains de La Harpe admirent le ton lugubre et lent que Talma porte encore trop souvent dans la tirade ; ce chant lamentable et monotone, ils l'appellent la perfection du tragique français *. Ils disent, et c'est un pauvre argument : l'introduction de la prose dans la tragédie, la permission de durer plusieurs mois et de s'écarter à quelques lieues, est inutile à nos plaisirs ; car l'on a fait et l'on fait encore des chefs-d'œuvre fort touchants, en suivant avec scrupule les règles de l'abbé d'Aubignac. Nous répondons : nos tragédies seraient plus touchantes, elles traiteraient une foule de

---

* *Journal des Débats* du 11 mai 1824.

grands sujets nationaux auxquels Voltaire et Racine ont été forcés de renoncer. L'art changera de face dès qu'il sera permis de changer le lieu de la scène, et, par exemple, dans la tragédie de *la mort de Henri III*, d'aller de Paris à Saint-Cloud.

A présent que je me suis expliqué fort au long, il me semble que je puis dire avec l'espoir d'être compris de tout le monde et l'assurance de n'être pas travesti même par le *célèbre* M. Villemain *: le Romantisme appliqué au genre tragique, C'EST UNE TRAGÉDIE EN PROSE QUI DURE PLUSIEURS MOIS ET SE PASSE EN DIVERS LIEUX.

Lorsque les Romains construisirent ces monuments qui nous frappent encore d'admiration après tant de siècles (l'arc-de-triomphe de Septime-Sévère, l'arc-de-triomphe de Constantin, l'arc de Titus, etc.), ils représentèrent sur les faces de ces Arcs célèbres des soldats armés de casques, de boucliers, d'épées ; rien de plus simple, c'étaient les armes avec lesquelles leurs soldats venaient de vaincre les Germains, les Parthes, les Juifs, etc.

Lorsque Louis XIV se fit élever l'arc-de-triomphe connu sous le nom de *Porte Saint-Martin*, on plaça dans un bas-relief qui est sur la face

* *Journal des Débats* du 30 mars 1823.

du nord des soldats français attaquant les murs d'une ville ; ils sont armés de casques et de boucliers, et couverts de la cotte d'armes. Or, je le demande, les soldats de Turenne et du Grand-Condé, qui gagnaient les batailles de Louis XIV, étaient-ils armés de boucliers? A quoi sert un bouclier contre un boulet de canon? Turenne est-il mort par un javelot?

Les artistes romains furent *Romantiques*, ils représentèrent ce qui, de leur temps, était vrai, et par conséquent touchant pour leurs compatriotes.

Les sculpteurs de Louis XIV ont été *Classiques*, ils ont placé dans les bas-reliefs de leur arc-de-triomphe, bien digne de l'ignoble nom de *porte Saint-Martin*, des figures qui ne ressemblaient à rien de ce qu'on voyait de leur temps.

Je le demande aux jeunes gens qui n'ont pas encore fait leur tragédie reçue aux Français, et qui partant mettent de la bonne foi dans cette discussion frivole, après un exemple aussi clair, aussi palpable, aussi aisé à vérifier un jour que vous allez voir *Mazurier*, pourra-t-on dire aux Romantiques qu'ils ne savent pas s'expliquer, qu'ils ne donnent pas une idée nette et claire de ce que c'est dans les arts qu'être Romantique ou Classique? Je ne demande pas, monsieur, que l'on dise que mon idée est juste, mais je désire qu'on veuille bien avouer que bonne ou mauvaise on la comprend.

Je suis, etc.

LETTRE IV.

LE CLASSIQUE AU ROMANTIQUE.

Paris, le 27 avril 1824.

Voici bientôt soixante ans, monsieur, que j'admire *Mérope, Zaïre, Iphigénie, Sémiramis, Alzire*, et je ne puis pas vous promettre en conscience de siffler jamais ces chefs-d'œuvre de l'esprit humain. Je n'en suis pas moins très-disposé à applaudir les tragédies en prose que doit nous apporter le Messie Romantique ; mais qu'il paraisse enfin ce Messie. *Faites*, monsieur, *faites*. Ce ne sont plus des paroles toujours obscures aux yeux du peuple des littérateurs, ce sont des actions qu'il faut à votre parti. Faites-en donc, monsieur ; *et voyons cette affaire.*

En attendant, et je crois que j'attendrai longtemps, recevez l'assurance des sentiments les plus distingués, etc., etc.

LE C. N. *

LETTRE V.

LE ROMANTIQUE AU CLASSIQUE.

Paris, le 28 avril 1824.

Hé! monsieur, qui a jamais parlé de siffler Voltaire, Racine, Molière, génies immortels dont notre pauvre France ne verra peut-être pas les égaux d'ici à huit ou dix siècles? Qui même a jamais osé concevoir la folle espérance d'égaler ces grands hommes? Ils s'élançaient dans la carrière chargés de fers, et ils les portaient avec tant

* Cette correspondance a réellement existé; seulement je parlais à demi-mot à un homme de bonne foi. Je suis obligé de tout expliquer en envoyant mes lettres à l'impression. MM. Auger, Feletz, Villemain, me prêteraient de belles absurdités.

de grace, que des pédants sont parvenus à persuader aux Français que de pesantes chaînes sont un ornement indispensable dès qu'il s'agit de courir.

Voilà toute la question. Comme depuis cent cinquante ans nous attendons en vain un génie égal à Racine, nous demandons à un public qui aime à voir courir dans l'arène de souffrir qu'on y paraisse sans chaînes pesantes. Plusieurs jeunes poètes d'un talent fort remarquable, quoique bien éloignés encore de la *force* étonnante qui brille dans les chefs-d'œuvre de Molière, de Corneille, de Racine, pourront alors nous donner des ouvrages agréables. Continuez-vous à leur imposer l'armure gênante portée jadis avec tant de grace par Racine et Voltaire? Ils continueront à vous donner des pièces *bien faites*, comme *Clytemnestre*, *Louis IX*, *Jeanne d'Arc*, *le Paria*, qui ont succédé sous nos yeux à *la mort d'Hector* de Luce de Lancival, à l'*Omasis* de Baour-Lormian, à *la mort de Henri IV* de Legouvé, chefs-d'œuvre auxquels *Clytemnestre* et *Germanicus* iront tenir fidèle compagnie, dès que les auteurs de ces tragédies ne seront plus là pour les soutenir dans les salons par leur amabilité, et dans les journaux par des articles amis.

Je ne fais aucun doute que ma tragédie favorite de *la mort de Henri III*, par exemple, ne reste à jamais fort inférieure à *Britannicus* et aux *Horaces*. Le public trouvera dans *Henri III* beaucoup moins, infiniment moins de talent, et beaucoup plus, infiniment plus d'intérêt et de plaisir dramatique. Si Britannicus agissait dans le monde comme dans la tragédie de Racine, une fois dépouillé du charme des beaux vers qui peignent ses sentiments, il nous paraîtrait un peu niais et un peu plat.

Racine ne pouvait traiter *la mort de Henri III*. La chaîne pesante nommée *unité de lieu* lui interdisait à jamais ce grand tableau héroïque et enflammé comme les passions du moyen âge et cependant si près de nous qui sommes si froids. C'est une bonne fortune pour nos jeunes poètes. Si des hommes tels que Corneille et Racine avaient travaillé pour les exigences du public de 1824, avec sa méfiance de toutes choses, sa complète absence de croyances et de passions, son habitude du mensonge, sa peur de se compromettre, la tristesse morne de la jeunesse, etc., etc., la tragédie serait impossible à faire pour un siècle ou deux. Dotée des chefs-d'œuvre des grands hommes contemporains de Louis XIV, jamais la France ne pourra les oublier. Je suis persuadé que la muse classique occupera toujours le théâtre français quatre fois par semaine. Tout ce que nous demandons, c'est que l'on veuille bien permettre à la tragédie en prose de nous entretenir cinq ou six fois par mois des grandes actions de nos du Guesclin, de nos Montmorency, de nos Bayard. J'aimerais à voir, je l'avoue, sur la scène française, *la mort du duc de Guise à Blois*, ou *Jeanne d'Arc et les Anglais*, ou *l'Assassinat du Pont de Montereau*; ces grands et funestes tableaux, extraits de nos annales, feraient vibrer une corde sensible dans tous les cœurs français, et, suivant les Romantiques, les intéresseraient plus que les malheurs d'*OEdipe*.

En parlant de théâtre, monsieur, vous me dites FAITES, et vous oubliez la censure. Est-ce là de la justice, monsieur le Classique; est-ce de la bonne foi? Si je faisais une comédie romantique comme *Pinto*, et ressemblant à ce que nous voyons dans le monde, d'abord messieurs les censeurs l'arrêteraient; en second lieu, les élèves *libéraux* des grandes Écoles de Droit et de Médecine la siffleraient. Car ces jeunes gens prennent leurs opinions toutes faites dans *le Constitutionnel*, *le Courrier français*, *la Pandore*, etc. Or, que deviendraient les divers chefs-d'œuvre de messieurs Jouy, Dupaty, Arnault, Etienne, Gosse, etc., rédacteurs de ces journaux, et rédacteurs habiles, si Talma avait jamais la permission de jouer *Macbeth* en prose, traduit de Shakspeare et abrégé d'un tiers? C'est dans cette crainte que ces messieurs ont fait siffler les acteurs anglais. J'ai un remède contre le premier mal, *la censure*, et je vais bientôt vous le dire. Je ne vois de remède contre le mauvais goût des écoliers que les pamphlets contre La Harpe, et j'en fais.

DE LA CENSURE.

Tous les poètes comiques à qui l'on dit *faites*, s'écrient : Dès que nous présentons dans nos drames des détails vrais, la censure nous arrête tout court; voyez les coups de canne donnés au roi qui n'ont pas pu passer dans *le Cid d'Andalousie*. Je réponds : Cette raison n'est pas si bonne qu'elle le paraît ; vous présentez aux censeurs des *Princesse des Ursins*, des *Intrigues de Cour* *, etc., comédies fort piquantes, dans lesquelles avec tout l'esprit de Voltaire vous vous moquez des ridicules des cours. Pourquoi vous attaquer uniquement aux ridicules des cours? L'entreprise peut être bonne et méritoire, politiquement parlant; mais je prétends que littérairement parlant elle ne vaut rien du tout. Que l'on vienne nous dire dans le salon où nous rions et plaisantons avec des femmes aimables, que le feu est à la maison; à l'instant nous n'aurons plus cette

* Dans les œuvres complètes de MM. de Jouy et Duval.

attention légère qu'il faut pour les bons mots et les plaisirs de l'esprit. Tel est l'effet produit par toute idée politique dans un ouvrage de littérature; c'est un coup de pistolet au milieu d'un concert.

La moindre allusion politique fait disparaître l'aptitude à tous ces plaisirs délicats qui sont l'objet des efforts du poète. Cette vérité est prouvée par l'histoire de la littérature anglaise; et remarquez que l'état où nous sommes dure en Angleterre depuis la restauration de 1660. On a vu, chez nos voisins, les hommes du plus grand talent frapper de mort des ouvrages fort agréables, en y introduisant des allusions aux intérêts passagers et âpres de la politique du moment. Pour comprendre Swift, il faut un commentaire pénible, et personne ne se donne la peine de lire ce commentaire. L'effet somnifère de la politique mêlée à la littérature est un axiome en Angleterre. Aussi voyez-vous que Walter Scott, tout ultrà qu'il est, et tenant à Édimbourg la place de M. de Marchangy à Paris, n'a garde de mettre de la politique dans ses romans; il redouterait pour eux le sort de *la Gaule poétique*.

Dès que vous introduisez la politique dans un ouvrage littéraire, l'*odieux* paraît, et avec l'*odieux* la *haine impuissante*. Or, dès que votre cœur est en proie à la haine impuissante, cette fatale maladie du dix-neuvième siècle, vous n'avez plus assez de gaîté pour rire de quoi que ce soit. Il s'agit bien de plaisanter, diriez-vous avec indignation à l'homme qui voudrait vous faire rire*. Les journaux, témoins de ce qui s'est passé aux élections de 1824, s'écrient à l'envi : Quel beau sujet de comédie que *l'Éligible!* Hé! non, messieurs, il ne vaut rien : il y aura un rôle de préfet qui ne me fera point rire du tout, quelque esprit que vous y mettiez ; voyez le roman intitulé, *Monsieur le Préfet;* quoi de plus v..., mais quoi de plus triste! Walter Scott a évité la haine impuissante dans *Waverley*, en peignant des feux qui ne sont plus que de la cendre.

Pourquoi tenter dans votre art, messieurs les poëtes comiques, précisément la seule chose qui soit impossible ? Seriez-vous comme ces faux braves des cafés de province qui ne sont jamais si terribles que lorsqu'ils parlent bataille à table avec leurs amis, et que tout le monde les admire ?

Depuis que M. de Châteaubriand a défendu la religion comme *jolie*, d'autres hommes avec plus de succès ont défendu les rois comme utiles au bonheur des peuples, comme nécessaires dans

---

* Traduit de M. Hazlitt.

notre état de civilisation : le Français ne passe pas sa vie au Forum comme le Grec ou le Romain, il regarde même le jury comme une corvée, etc. Par ce genre de défense les rois ont été faits hommes ; ils sont aimés, mais non plus adorés. Madame du Hausset nous apprend que leurs maîtresses se moquent d'eux comme les nôtres de nous ; et M. le duc de Choiseul, premier ministre, fait avec M. de Praslin un certain pari que je ne puis raconter.

Du jour que les rois n'ont plus été regardés comme des êtres *envoyés d'en haut*, tels que Philippe II et Louis XIV ; du jour qu'un insolent a prouvé qu'ils étaient *utiles*, leur mérite a été sujet à discussion, et la comédie a dû abandonner pour toujours les plaisanteries sur les courtisans. Les ministères se gagnent à la tribune des Chambres, et non plus à *l'œil-de-bœuf :* et vous voulez que les rois tolèrent la plaisanterie contre leurs pauvres cours déjà si dépeuplées ? En vérité, cela n'est pas raisonnable. Le leur conseilleriez-vous si vous étiez ministre de la police ? La première loi de tout individu, qu'il soit loup ou mouton, n'est-elle pas de se conserver ? Toute plaisanterie contre le pouvoir peut être fort courageuse, mais n'est pas littéraire.

La moindre plaisanterie contre les rois ou la Sainte-Alliance, dite aujourd'hui au Théâtre Français, irait aux nues, non pas comme *bonne plaisanterie*, notez bien, non pas comme mot égal au *sans dot* d'Harpagon, ou au *pauvre homme* du *Tartuffe*, mais comme inconvenance étonnante, comme hardiesse dont on ne revient pas. On s'étonnerait de votre courage; mais ce serait un pauvre succès pour votre esprit; car, dès qu'il y a censure dans un pays, la plus mauvaise plaisanterie contre le pouvoir réussit. M. Casimir Delavigne croit qu'on applaudit à l'esprit de ses *Comédiens*, tandis qu'on n'applaudit souvent qu'à l'opinion libérale qui perce quelquefois dans des allusions échappées à la perspicacité de M. Lémontey. Je dirai donc aux poëtes comiques, s'il en est qui aient un vrai talent et qui se sentent le pouvoir de nous faire rire : Attaquez les ridicules des classes ordinaires de la société; n'y a-t-il donc que les sous-ministres de ridicules? Mettez en scène ce patriote célèbre qui a consacré son existence à la cause de la patrie; qui ne respire que pour le bonheur de l'humanité, et qui prête son argent au roi d'Espagne pour payer le bourreau de R.... Si on lui parle de cet emprunt : Mon cœur est patriote, répond-il, qui pourrait en douter? Mais mes écus sont royalistes. Ce ridicule-là prétend-il à l'estime? refusez-lui cette estime d'une manière piquante et imprévue, et vous serez comique. Je ne trouve, au contraire, rien de bien plaisant dans les prétentions des révérends pères jésuites, pauvres hères nés sous le chaume, pour la plupart, et qui cherchent tout bonnement à faire bonne chère sans travailler de leurs mains.

Trouvez-vous inconvenant de mettre en scène les ridicules d'un patriote qui après tout parle en faveur d'une sage liberté, et cherche les moyens d'inoculer un peu de courage civil à des électeurs si braves l'épée à la main? Imitez Alfieri. Figurez-vous un beau matin que tous les censeurs sont morts, et qu'il n'y a plus de censure, mais en revanche quatre ou cinq théâtres à Paris, maîtres de jouer tout ce qui leur vient à la tête, sauf à répondre des choses condamnables, des indécences, etc., etc., devant un jury *choisi par le hasard* *.

C'est dans cette supposition si étrange qu'Alfieri, dans un pays bien autrement tenu que le nôtre, bien autrement sans espoir, composa il y a quarante ans ses admirables tragédies; et on les joue tous les jours depuis vingt ans, et un peuple de 18 millions d'hommes qui, au lieu de Sainte-Pélagie, a des potences, les sait par cœur et les cite à tous propos. Les éditions de ces tragédies se multiplient dans tous les formats, les

* Parmi les habitants de Paris payant 5000 fr. d'impôt, et par conséquent partisans fort modérés de la loi agraire et de la licence.

salles sont remplies deux heures à l'avance quand on les joue; en un mot, le succès d'Alfieri, mérité ou non, est au-dessus de tout ce que peut rêver même la vanité d'un poète; et tout ce changement est arrivé en moins de vingt ans. Écrivez donc, et vous serez applaudi en 1845.

La comédie que vous composerez aujourd'hui, et qui, au lieu du pauvre commis *Bellemain* de *l'Intérieur d'un bureau*, présenterait M. le comte un tel, p.... d.... F...., ne serait pas tolérée par le ministère actuel? Hé bien! mettez en pratique le précepte d'Horace, autrefois si recommandé dans un autre sens, il est vrai; gardez neuf ans votre ouvrage, et vous aurez affaire à un ministère qui cherchera à ridiculiser celui d'aujourd'hui, peut-être à le bafouer. Dans neuf ans, n'en doutez pas, vous trouverez toute faveur pour faire jouer votre comédie.

Le charmant vaudeville de *Julien ou Vingt-cinq ans d'entr'acte* peut vous servir d'exemple. Ce n'est qu'une esquisse; mais, sous le rapport de la hardiesse et de la censure, cette esquisse vaut autant pour mon raisonnement que la comédie en cinq actes la plus étoffée. Le vaudeville de *Vingt-cinq ans d'entr'acte* aurait-il pu être joué en 1811 sous Napoléon? M. Étienne et tous les censeurs de la police impériale n'auraient-ils pas frémi à la vue du jeune paysan illustré par son épée, dans les campagnes de la révolution, fait *comte de Stettin* par Sa Majesté l'Empereur, et s'écriant lorsque sa fille veut épouser un peintre : « Jamais, non jamais l'on ne s'est mésallié dans la « famille des Stettin » ? Qu'aurait dit la vanité de tous les comtes de l'Empire ?

L'exil à quarante lieues de Paris eût-il paru suffisant à M. le duc de R*** pour l'audacieux qui se fût permis cette phrase ?

Toutefois, monsieur le poète comique, si dans cette même année 1811, au lieu de gémir platement et impuissamment sur l'arbitraire, sur le despotisme de Napoléon, etc., etc., etc., vous aviez agi avec force et rapidité, comme lui-même agissait ; si vous aviez fait des comédies dans lesquelles on aurait ri aux dépens des ridicules que Napoléon était obligé de protéger pour soutenir son *Empire Français*, sa *nouvelle noblesse*, etc., moins de quatre ans après elles eussent trouvé un succès fou. Mais, dites-vous, mes plaisanteries pouvaient vieillir avec le temps. — Oui, comme le *sans dot* d'Harpagon, comme le *pauvre homme* du *Tartuffe*. Est-ce sérieusement que vous présentez cette objection au milieu d'un peuple qui en est réduit à rire encore des ridicules de *Clitandre* et d'*Acaste* *, qui n'existent plus depuis cent ans ?

---

* Les marquis du *Misanthrope*.

Si, au lieu de gémir niaisement sur les difficultés insurmontables que le siècle oppose à la poésie, et d'envier à Molière la protection de Louis XIV, vous aviez fait en 1811 de grandes comédies aussi libres dans leur tendance politique que le vaudeville de *Vingt-cinq ans d'entr'acte*, avec quel empressement, en 1815, tous les théâtres ne vous eussent-ils pas offert un tour de faveur? Quelles dignités ne seraient pas tombées sur vous? En 1815, entendez-vous? Quatre ans après. Avec quelle joie nous aurions ri de la sotte vanité des princes de l'Empire *! Vous auriez eu d'abord un succès de *satire* comme Alfieri en Italie. Peu à peu le système de Napoléon étant *bien mort*, vous auriez trouvé le succès de *Waverley* et des *Puritains d'Écosse*. Depuis la mort du dernier des Stuarts, qui pourrait trouver odieux le personnage du baron de Bradwardine, ou le major Bridgenorth de *Peveril?* Notre *politique* de 1811 n'est plus que de l'histoire en 1824.

Si, suivant les conseils du plus simple bon sens, vous écrivez aujourd'hui sans vous embarrasser de la censure actuelle, peut-être qu'en 1834, par un juste respect pour vous-même, et afin de repousser le désagrément de toute ressemblance avec les hommes de lettres de la trésorerie d'a-

---

* « Entre nous le Monseigneur suffit ».

lors, vous serez obligé d'affaiblir les traits dont vous aurez peint les noirs ridicules des puissants d'aujourd'hui *.

Êtes-vous impatient? Voulez-vous absolument que vos contemporains parlent de vous tandis que vous êtes jeune? Avez-vous besoin de renommée? écrivez vos comédies comme si vous étiez exilé à New-York, et qui plus est faites-les imprimer à New-York sous un nom supposé. Si elles sont satiriques, méchantes, attristantes, elles ne traverseront pas l'Océan, et tomberont dans le profond oubli qu'elles méritent. Ce ne sont pas les occasions de nous indigner et de haïr d'une haine impuissante qui nous manquent aujourd'hui, n'avons-nous pas Colmar et la Grèce? Mais si vos comédies sont bonnes, plaisantes, réjouissantes, comme la Lettre sur le gouvernement récréatif et la *Marmite représentative*, M. Demat, honnête imprimeur de Bruxelles, ne manquera pas de vous rendre le même service qu'à M. Béranger; en moins de trois mois, il vous aura contrefait dans tous les formats. Vous vous verrez chez tous les libraires de l'Europe, et les négociants de Lyon qui vont à Genève recevront de

---

* « C'est monsieur un tel qui a eu l'heureuse idée du poing coupé »; ou bien : « Monseigneur, quand vous ne parlez pas, ma foi, je vote suivant ma conscience ».

vingt amis la commission de leur apporter votre comédie, comme ils reçoivent aujourd'hui la commission d'importer un Béranger *.

Mais hélas! je vois à la mine que vous me faites que mes conseils ne sont que trop bons; ils vous fâchent. Vos comédies ont si peu de verve comique et de feu, que personne ne prendrait garde à leur esprit, personne ne rirait de leurs plaisanteries, si quotidiennement elles n'étaient louées, recommandées, prônées par les journaux dans lesquels vous travaillez. Qu'ai-je à faire de vous parler de New-York et de nom supposé? Vous imprimeriez vos épîtres dialoguées à Paris, qu'au lieu d'être pour vous une route sûre pour Sainte-Pélagie, elles seraient seulement pour votre libraire une route assurée pour l'Hôpital, ou bien il mourrait de douleur comme celui qui paya 12,000 francs *l'histoire de Cromwell.*

Ingrats que vous êtes, ne vous plaignez donc plus de cette bonne censure, elle rend à votre

* Le volume de ce grand poète qui, grace à M. Demat, coûte 3 francs à Genève, se paie 24 francs à Lyon, et n'en a pas qui veut. Rien de plaisant à la douane de Bellegarde, située entre Genève et Lyon, comme la liste affichée dans le bureau des ouvrages prohibés à l'entrée. Comme je lisais cette liste en riant de son impuissance, plusieurs honnêtes voyageurs la copiaient pour faire venir les ouvrages qu'elle indique. Tous me dirent qu'ils apportaient un Béranger à Lyon. Mars 1824.

vanité le plus grand des services, elle vous sert à persuader aux autres, et peut-être à vous-même, que vous feriez quelque chose si. . . .

Sans messieurs les censeurs, votre sort serait affreux, écrivains libéraux et persécutés; le Français est né plaisant, vous seriez inondés de *Mariage de Figaro*, de *Pinto*, en un mot, de comédies *où l'on rit*. Que deviendraient alors, je vous le demande, vos froides pièces si bien écrites? Vous joueriez en littérature précisément le même rôle que M. Paër en musique, depuis que Rossini a fait oublier ses opéra. Voilà tout le secret de votre grande colère contre Shakspeare. Que deviendront vos tragédies le jour que l'on jouera *Macbeth* et *Othello*, traduits par madame Belloc? Racine et Corneille, au nom desquels vous parlez, n'ont rien à craindre de ce voisinage; mais vous!

Je suis un insolent et vous avez du génie, dites-vous? Je le veux bien, suis-je d'assez bonne composition? Vous avez donc du génie comme Béranger; mais comme lui vous ne savez pas marcher en petit équipage, et reproduire à Paris la sagesse pratique et la philosophie sublime des philosophes de la Grèce. Vous avez besoin de vos écrits pour atteindre

Au superflu, chose si nécessaire.

Hé bien! au moyen de quelques descriptions ajoutées, transformez vos comédies en romans et imprimez à Paris. La haute société, que le luxe de l'hiver exile à la campagne dès le mois de mai, a un immense besoin de romans ; il faudrait que vous fussiez bien ennuyeux pour l'être davantage qu'une soirée de famille à la campagne, un jour de pluie*.

J'ai l'honneur, etc.

---

* Je reçois la feuille 4 de cette brochure toute barbouillée de la fatale encre rouge. Il me faut supprimer le bel *éloge du bourreau*, par M. de Maistre, considéré dans ses rapports avec la comédie; l'anecdote de MM. de Choiseul et de Praslin, enfin tout ce qui peut de bien loin offenser les puissants. Quel bonheur de vivre à Philadelphie, me dis-je au premier moment! Peu à peu mes idées se calment, et j'arrive aux considérations suivantes :

Le gouvernement de la Charte, prenez-le à toutes ses phases d'énergie en 1819 comme en 1825, a trois grands défauts littéraires :

1° Il ôte le loisir sans lequel il n'y a point de beaux-arts. L'Italie, en gagnant les deux Chambres, perdra peut-être les Canova et les Rossini.

2° Il jette une défiance raisonneuse dans tous les cœurs. Il sépare les diverses classes de citoyens par la haine. Vous ne demandez plus de cet homme que vous rencontrez dans la société à Dijon ou à Toulouse : Quel est son ridicule? mais bien : Est-il libéral ou ultra? Il ôte aux différentes classes de citoyens le désir d'être aimables aux yeux les uns des autres, et par conséquent le pouvoir de rire aux dépents les uns des autres.

Un Anglais qui voyage par la diligence de Bath se garde bien de parler et de plaisanter sur la chose du monde la plus indifférente; il peut trouver dans son voisin un homme d'une classe en-

LETTRE VI.

LE ROMANTIQUE AU CLASSIQUE.

Paris, le 30 avril 1824.

Monsieur,

Dès qu'on parle de *tragédie nationale en prose* à ces hommes, pleins d'idées positives et d'un respect sans bornes pour les bonnes recettes, qui sont à la tête de l'administration des

nemie, un Méthodiste ou un Tory furieux qui lui répondra en l'envoyant paître, car la colère est un plaisir pour les Anglais, elle leur fait sentir la vie. Comment naîtrait la *finesse d'esprit* dans un pays où l'on peut imprimer impunément *Georges est un libertin*, et où le seul mot de *Roi* constitue le délit? Il ne resterait dans un tel pays que deux sources de plaisanterie, les faux braves et les maris trompés; le *ridicule* y prendrait le nom d'*excentricity*.

Dans le despotisme sans échafauds trop fréquents, vraie patrie de la comédie; en France, sous Louis XIV et sous Louis XV, tous les gens voyageant par la diligence avaient les mêmes intérêts, riaient des mêmes choses, et, qui plus est, cherchaient à rire, éloignés qu'ils étaient des intérêts sérieux de la vie.

3° On dit qu'un habitant de cette Philadelphie que je regrettais ne songe qu'à gagner des dollars, et sait à peine ce que veut dire le mot *ridicule*. Le *rire* est une plante exotique importée d'Europe théâtres, l'on ne voit point chez eux, comme chez les auteurs qui écrivent en vers, une haine mal

---

à grands frais, et qui n'est à l'usage que des plus riches (voyage de l'acteur Mathews). Le manque de finesse et le pédantisme puritain rendent impossible, dans cette république, la comédie d'*Aristophane*.

Tout ceci n'empêche pas la justice, la liberté, l'absence des espions, d'être des biens adorables. Le *rire* n'est qu'une consolation à l'usage des sujets de la monarchie. Mais comme l'huître malade produit la perle, ces hommes sans liberté et sans *sépulture chrétienne* après leur mort produisent *le Tartuffe* et *le Retour imprévu*.

Je n'ai de la vie parlé à un censeur, mais je m'imagine qu'il pourrait dire pour excuser son métier :

« Quand toute la France le voudrait à l'unanimité, nous ne pourrions nous refaire des hommes de 1780. L'admirable *libretto* de *Don Juan*, mis en musique par Mozart, fut écrit à Vienne par l'abbé Casti ; certes l'oligarchie viennoise n'a jamais passé pour tolérer la licence au théâtre. Eh bien ! à Vienne, en 1787, don Juan, donna Anna et donna Elvire, chantaient pendant cinq minutes dans la scène du bal : *Viva la libertà !* A Louvois, en 1825, au moment où nous sommes forcés de souffrir les discours du général Foy et de M. de Châteaubriand, il a bien fallu ordonner à don Juan de chanter *Viva l'ilarità !* L'hilarité n'est-elle pas ce qui nous manque ?

« En 1787 personne ne songeait à applaudir la liberté ; aujourd'hui il serait à craindre que ce mot ne devînt un drapeau. La guerre est déclarée. Les privilégiés sont en fort petit nombre, riches et *enviés*, la plaisanterie serait une arme terrible contre eux ; n'est-ce pas le seul ennemi qui ait fait peur à Buonaparte ? Donc il faut des censeurs si vous ne voulez pas fermer les théâtres. »

La comédie peut-elle survivre à cet état de choses ? Le roman, qui esquive la censure, ne va-t-il pas hériter de la pauvre défunte ? Les courtisans, dans la juste terreur que leur inspire le *rire*, permettront-ils qu'on se moque de la *classe* des avocats, de la *classe* déguisée et se cachant avec peine sous la bénignité du sourire académique. Loin de là, les ac-

---

des médecins, de la *classe* des compositeurs de musique qui maudissent Rossini, de la *classe* des vendeurs de croix, et des opticiens qui en achètent; ou qu'on traite ce sujet si plaisant : *L'Homme de lettres ou les Vingt places*, ou celui-ci : *Le Coureur d'héritages?* Toutes les *classes* de gens ridicules n'ont-elles pas des protecteurs naturels qui se coalisent pour le maintien de ce qu'on appelle *la décence publique?*

Le premier besoin pour la police n'est-il pas le maintien de la tranquillité? et que lui importe un chef-d'œuvre de moins? La première violation de *l'unité de lieu* dans *Christophe Colomb* fit tuer un homme au parterre.

D'un autre côté, si jamais nous avons la liberté complète, qui songera à faire des chefs-d'œuvre? Chacun travaillera, personne ne lira si ce n'est de grands journaux in-folio, où toute vérité s'énoncera dans les termes les plus directs et les plus nets. Alors la comédie française aura toute liberté; mais en perdant Sainte-Pélagie et la salle Saint-Martin, nous aurons perdu *quant et quant* l'esprit qu'il faut pour faire et pour goûter la comédie, ce brillant mélange de vérité de mœurs, de gaîté légère et de satire piquante. Dans une monarchie, pour qu'un Molière soit possible, il faut l'amitié d'un Louis XIV. En attendant ce hasard heureux et vu les critiques amères dont les Chambres et la société poursuivent les hommes du pouvoir, ce qui ne les met nullement d'humeur à permettre la plaisanterie, essayons la tragédie romantique au théâtre. Chez nous lisons des romans, et jouons des proverbes *hardis*.

Depuis la Charte, lorsqu'un jeune d.. entre dans un salon, il y fait naître un sentiment de malveillance; lui-même est embarrassé. D'où je conclus que les d... auront beaucoup de mérite à l'avenir, et en même temps toute *l'hilarité* d'un lord anglais.

Ainsi la Charte 1° ôte le loisir; 2° sépare par la haine; 3° tue la finesse d'esprit. En revanche nous lui devons l'éloquence du général Foy.

teurs et directeurs sentent qu'un jour (mais peut-être dans douze ou quinze ans ; pour eux voilà où est toute la question), le Romantisme fera gagner un million à quelque heureux théâtre de Paris.

Un homme à argent d'un de ces théâtres, auquel je parlais du *Romantisme* et de son triomphe futur, me dit de lui-même : « Je comprends votre « idée, on s'est moqué à Paris, pendant vingt « ans, du *Roman historique;* l'Académie a prouvé « doctement le ridicule de ce genre, nous y « croyions tous, lorsque Walter Scott a paru son « *Waverley* à la main ; et Balantyne, son libraire, « vient de mourir millionnaire. La seule barrière « qui s'interpose entre la caisse du théâtre et « d'excellentes recettes, continua le directeur, « c'est l'esprit des grandes écoles de Droit et de « Médecine, et les journaux libéraux qui mènent « cette jeunesse. Il faudrait un directeur assez ri- « che pour acheter l'opinion littéraire du *Consti- « tutionnel* et de deux ou trois petits journaux ; « jusque-là, auquel de nos théâtres conseilleriez- « vous de monter un drame romantique en cinq « actes et en prose intitulé *la Mort du duc de « Guise à Blois*, ou *Jeanne d'Arc et les Anglais*, « ou *Clovis et les évêques?* Sur quel théâtre une « telle tragédie pourrait-elle arriver au troisième « acte? Les rédacteurs des feuilles influentes qui

« ont la plupart des pièces en vers au courant « du répertoire ou en répétition, laissent passer « le mélodrame à la d'Arlincourt, mais ne souffri- « ront jamais le *mélodrame écrit en style raison-* « *nable*. S'il en était autrement, croyez-vous « que nous n'aurions pas essayé le *Guillaume* « *Tell* de Schiller? La police en ôterait un quart, « un de nos arrangeurs un autre quart, ce qui « resterait arriverait à cent représentations *si* « *l'on pouvait en avoir trois*; mais voilà ce que « ne permettront jamais les rédacteurs des feuilles « libérales, et par conséquent les élèves des écoles « de Droit et de Médecine ».

— Mais, monsieur, l'immense majorité des jeunes gens de la société a été convertie au romantisme par l'éloquence de M. Cousin; tous applaudissent aux bonnes théories du *Globe*....

« — Monsieur, vos jeunes gens de la société ne « vont pas au parterre faire le coup de poing; et « au théâtre comme en politique, nous méprisons « les philosophes qui ne font pas le coup de poing. »

Cette conversation vive et franche m'a plus affligé, je l'avoue, que toute la colère de l'Académie. Le lendemain j'ai envoyé dans les cabinets littéraires des rues Saint-Jacques et de l'Odéon; j'ai demandé la liste des livres qu'on lit le plus; ce n'est point Racine, Molière, Don-Quichotte, etc., dont les élèves en Droit et en Médecine usent chaque année trois ou quatre exemplaires, mais bien le *Cours de Littérature* de La Harpe; tant la manie jugeante est profondément enracinée dans le caractère national, tant notre vanité craintive a besoin de porter des idées toutes faites dans la conversation.

Si M. Cousin faisait encore son cours, l'éloquence entraînante de ce professeur, et son influence sans bornes sur la jeunesse, parviendraient peut-être à convertir les élèves des grandes écoles. Ces jeunes gens mettraient leur vanité à réciter, en perroquets, d'autres phrases que celles de La Harpe; mais M. Cousin parle trop bien pour que jamais on le laisse reparler.

Quant aux rédacteurs du *Constitutionnel* et des feuilles à la mode, il faudrait des arguments bien forts pour espérer. Disposant en grande partie des succès, toujours ces messieurs auront l'idée lucrative de faire eux-mêmes de belles pièces dans le genre routinier qui est le plus vite bâti, ou du moins ils s'associeront avec les auteurs.

Il est donc utile que quelques écrivains modestes, qui ne se reconnaissent pas le talent nécessaire pour créer une tragédie, consacrent chaque année une semaine ou deux à faire imprimer un pamphlet littéraire destiné à fournir à la jeunesse française des *phrases toutes faites*.

Si j'avais le bonheur de trouver quelques jolies

phrases bonnes à être répétées, peut-être cette jeunesse si indépendante comprendrait-elle enfin que c'est *le plaisir dramatique* qu'il faut aller chercher au théâtre, et non pas le plaisir épique d'entendre réciter de beaux vers bien ronflants, et que *d'avance l'on sait par cœur*, comme le dit naïvement M. Duviquet *.

A l'insu de tout le monde, le Romantisme a fait d'immenses progrès depuis un an. Les esprits généreux, désespérant de la politique depuis les dernières élections, se sont jetés dans la littérature. Ils y ont porté de la raison, et voilà le grand chagrin des hommes de lettres.

Les ennemis de la tragédie nationale en prose, ou du Romantisme (car, comme M. Auger, *je n'ai parlé que du théâtre* **) sont de quatre espèces :

1° Les vieux rhéteurs *classiques*, autrefois collègues et rivaux des La Harpe, des Geoffroy, des Aubert ;

2° Les membres de l'Académie Française, qui, par la splendeur de leur titre, se croient obligés à se montrer les dignes successeurs des impuissants en colère qui jadis critiquèrent *le Cid* ;

3° Les auteurs qui au moyen de tragédies en vers font de l'argent, et ceux qui par leurs

---

* *Journal des Débats* du 8 juillet 1818.

** Page 7 du Manifeste.

tragédies, et malgré les sifflets, obtiennent des pensions.

Les plus heureux de ces poètes, ceux que le public applaudit, étant en même temps journalistes libéraux, disposent du sort des premières représentations, et ne souffriront jamais l'apparition d'ouvrages plus intéressants que les leurs;

4° Les moins redoutables des ennemis de la tragédie nationale en prose, telle que *Charles VII et les Anglais*, les *Jacques bons Hommes*, *Bouchard et les moines de Saint-Denis*, *Charles IX*, sont les *poètes associés* des bonnes-lettres. Quoique fort ennemis de la prose en leur qualité de fabricants de vers à l'usage de l'hôtel de Rambouillet, et détestant surtout une prose simple, correcte, sans ambition, modelée sur celle de Voltaire, ils ne peuvent sans se contredire eux-mêmes s'opposer à l'apparition d'une tragédie qui tirera ses principaux effets des passions violentes et des mœurs terribles du moyen-âge. Comme bons hommes de lettres, présidés par M. de Châteaubriand, ils n'oseraient proscrire, de peur de fâcher leurs nobles patrons, un système de tragédie qui nous entretiendra des grands noms des Montmorency, des La Trimouille, des Crillon, des Lautrec, et qui remettra sous les yeux du peuple les actions féroces, il est vrai, mais grandes et généreuses, autant qu'on pouvait l'être au douzième siècle, des guerriers fondateurs de ces illustres familles *. En sortant d'une tragédie où nous aurons vu combattre et mourir ce héros farouche et sanguinaire, le connétable de Montmorency, l'électeur le plus libéral et le plus piqué des tours de passepasse qu'on lui a joués aux dernières é........ ne pourra se défendre d'une sorte de curiosité bienveillante, en entendant annoncer dans un salon un Montmorency. Aujourd'hui personne dans la société ne sait l'histoire de France; avant M. de Barante elle était trop ennuyeuse à lire; la tragédie romantique nous l'apprendra, et d'une manière tout-à-fait favorable aux grands hommes de notre moyen-âge. Cette tragédie qui, *par l'absence du vers alexandrin*, héritera de tous les mots naïfs et sublimes de nos vieilles chroniques**, est donc tout-à-fait dans l'intérêt de la Chambre des Pairs. Le salon des bonnes-lettres, qui est à la

---

* On trouve deux ou trois sujets de tragédie dans chaque volume du Froissart de M. Buchon : Édouard II et Mortimer, Robert d'Artois et Édouard III, Jacques d'Artevelle ou les Gantois, Wat-Tyler, Henri de Transtamare et du Guesclin, Jeanne de Montfort duchesse de Bretagne, le captal de Buch à Meaux, Clisson et le duc de Bretagne (c'est le sujet d'*Adélaïde du Guesclin*). Le roi Jean et le roi de Navarre à Rouen, Gaston de Foix et son père, seconde révolte de Gand sous Philippe d'Artevelle. L'amour, ce sentiment des modernes qui n'était pas né du temps de Sophocle, anime la plupart de ces sujets; par exemple, l'aventure de Limousin et Raimbaud.

** « Beaumanoir, bois ton sang ».

suite de cette Chambre, ne peut donc opposer des injures par trop ignobles à l'apparition de la tragédie nationale en prose. D'ailleurs une fois ce genre toléré, quelle belle occasion de flatterie agréable et de dédicaces bien basses! La tragédie nationale est un trésor pour les bonnes-lettres.

Quant à la pauvre Académie, qui se croit obligée de persécuter d'avance la *tragédie nationale en prose*, c'est un corps sans vie et qui ne saurait porter des coups bien dangereux. Bien loin de tuer les autres, l'Académie aura assez à faire de ne pas mourir. Déja ceux de ses membres que je respecte avec le public sont honorés à cause de leurs ouvrages, et non pour le vain titre d'académicien qu'ils partagent avec tant de nullités littéraires. L'Académie Française serait le contraire de ce qu'elle est, c'est-à-dire la réunion des quarante personnes qui passent en France pour avoir le plus d'esprit, de génie ou de talent, que, dans ce siècle raisonneur, elle ne pourrait, sans encourir le ridicule, entreprendre de dicter au public ce qu'il doit penser en fait de littérature. Dès qu'on lui ordonne de croire, rien de plus récalcitrant que le *Parisien* d'aujourd'hui; j'excepte bien entendu l'opinion qu'il doit afficher pour conserver sa place *, ou pour avoir la

* Un de mes voisins vient de renvoyer son abonnement au *Jour-*

croix à la première distribution. L'Académie a manqué de tact dans toute cette affaire, elle s'est crue un ministère. Le Romantisme lui donne de l'humeur, comme jadis la circulation du sang, ou la philosophie de Newton à la Sorbonne; rien de plus simple, les positions sont pareilles. Mais était-ce une raison pour jeter au public, avec un ton de supériorité si bouffon *, l'opinion qu'elle veut placer dans les têtes parisiennes? Il fallait commencer par faire une collecte entre les honorables membres dont le Romantisme va vieillir les *OEuvres complètes :* MM. de Jouy, Duval, Andrieux, Raynouard, Campenon, Levis, Baour-Lormian, Soumet **, Villemain, etc.; avec la grosse somme, produit de cette quête, il fallait payer aux *Débats* les cinq cents abonnés qu'on allait lui faire perdre, et publier dans ce journal, si amu-

---

nal des Débats (février 1825), parce que son troisième fils est surnuméraire dans un ministère.

* « L'Académie Française restera-t-elle indifférente aux alarmes des gens de goût?... Le premier corps littéraire de la France appréhendera-t-il de se compromettre.... Cette solennité a paru l'occasion la plus favorable pour déclarer les principes dont l'Académie est unanimement pénétrée... pour essayer de *lever les doutes*, de *fixer les incertitudes*, etc. », (page 3 du manifeste.)

** Le dieu qui fit le jour ne défend pas d'aimer.

SAUL, tragédie.

Les Romantiques proposent : « ne défend pas d'y voir ».

sant depuis quinze jours, deux articles par semaine contre les Romantiques. Le lecteur a pris une idée de l'esprit voltairien, et de l'urbanité que M. de Jouy aurait portée dans cette discussion par l'extrait de la *Pandore* que j'ai cité en note; les propos des halles auraient bientôt embelli les colonnes du *Journal des Débats*. M. Andrieux nous a foudroyés incognito dans la *Revue*; la prose de l'auteur du *Trésor* paraissant aussi pâle que la gaieté de ses comédies, on aurait inséré dans les *Débats* sa fameuse satire contre les Romantiques. Si, contre toute apparence, ce coup n'eût pas suffi pour les anéantir, l'élégant M. Villemain, tout joyeux d'avoir une petite pensée à mettre dans ses jolies phrases *, n'eût pas refusé à l'Académie le secours de sa rhétorique.

Au lieu d'implorer l'esprit du successeur de Voltaire, ou la faconde si jolie de l'auteur de l'*Histoire de Cromwell*, l'Académie nous a dit par l'organe sec et dur de M. Auger :

« Un nouveau schisme se manifeste aujour-
« d'hui. Beaucoup d'hommes élevés dans un res-
« pect religieux pour d'antiques doctrines s'ef-
« fraient des progrès de la *secte* naissante, et

* « Ce n'est rien que de faire de jolies phrases, » disait M. de T...., après avoir entendu le jeune professeur ; « il faut encore avoir quelque chose à mettre dedans. »

« semblent demander qu'on les rassure....... Le « danger n'est pas grand encore, et l'on pourrait « craindre de l'augmenter en y attachant trop « d'importance......Mais faut-il donc attendre que « la *secte*, entraînée elle-même au-delà du but où « elle tend, en vienne jusque-là qu'elle perver- « tisse par d'*illégitimes* succès cette masse flot- « tante d'opinions dont toujours la fortune dis- « pose *. »

Trouvera-t-on de l'inconvenance à voir un homme obscur examiner un peu quels ont été les *succès légitimes* ou non de la *masse flottante* qui compose la majorité de cette Académie? Je saurai me garantir de toute allusion maligne à la vie privée des auteurs dont j'attaque la gloire; ces armes avilies sont à l'usage des faibles. Tous les Français qui s'avisent de penser comme les Romantiques sont donc des SECTAIRES**. Je suis un *sectaire*. M. Auger, qui est payé à part pour faire le Dictionnaire, ne peut ignorer que ce mot est *odieux*. Je serais en droit, si j'avais l'urbanité de M. de Jouy, de répondre à l'Académie par quelque parole mal sonnante ; mais je me respecte trop pour combattre l'Académie avec ses propres armes.

---

* Pages 2 et 3 du Manifeste.

** SECTAIRE. Ce mot est *odieux*, dit le Dictionnaire de l'Académie.

Je me contenterai de proposer une question.

Que dirait le public, *sectaire* ou non, si on l'invitait à choisir, sous le rapport de l'esprit et du talent, entre :

M. DROZ,	et M. de LA MARTINE ;
M. CAMPENON, auteur de *l'Enfant prodigue*,	et M. de BÉRANGER ;
M. de LACRETELLE jeune, historien,	et M. de BARANTE ;
M. ROGER, auteur de *l'Avocat*,	et M. FIÉVÉE ;
M. MICHAUD,	et M. GUIZOT ;
M. DAGUESSEAU,	et M. de LA MENNAIS ;
M. VILLAR,	et M. Victor COUSIN ;
M. de LEVIS,	et M. le général FOY ;
M. de MONTESQUIOU,	et M. ROYER-COLLARD ;
M. de CESSAC,	et M. FAURIEL ;
M. le marquis de PASTORET,	et M. DAUNOU ;
M. AUGER, auteur de treize *Notices*,	et M. Paul-Louis COURIER ;
M. BIGOT DE PRÉAMENEU,	et M. Benjamin CONSTANT ;
M. le comte FRAYSSINOUS, auteur de l'*Oraison funèbre de S. M. Louis XVIII*,	et M. de PRADT, ancien archevêque de Malines,
M. SOUMET,	et M. SCRIBE ;
M. LAYA, auteur de *Falkland*,	et M. ÉTIENNE.

Aucune manière de raisonner ne peut être plus franche et plus noble que la simple position de cette question. Je suis trop poli pour abuser de mes avantages ; je ne me ferai point l'écho de la réponse du public.

Je me suis permis avec d'autant moins de remords d'imprimer ces noms de la seconde colonne, qui font l'orgueil de la France, que, par suite de l'obscurité de ma vie, je ne connais personnellement aucun des hommes distingués qui les portent. Je connais encore moins les Académiciens dont les noms pâlissent à côté des leurs. Comme les uns ni les autres ne sont rien pour moi que par leurs écrits, en répétant le jugement du public, j'ai pu me considérer en quelque sorte comme étant déja la postérité pour eux.

De tout temps il y a eu une petite divergence entre l'opinion du public et les arrêts de l'Académie. Le public désirait voir élire un homme de talent qu'ordinairement l'Académie jalousait ; c'est par exemple sur l'ordre exprès de l'Empereur qu'elle a nommé M. de Châteaubriand. Mais jamais le public n'est arrivé, comme aujourd'hui, jusqu'à trouver des remplaçans pour la majorité de l'Académie Française. Ce qu'il y a de fâcheux, c'est que, quand l'opinion publique est bravée à ce point, elle se retire. La défaveur où le *Déjeûner* a fait tomber l'Académie ne peut que s'accroître ; car jamais la majorité des hommes dont le public admire le talent ne sera appelée à y entrer.

L'Académie fut annullée le jour où elle eut le malheur de se voir recruter par ordonnance. Après un coup si fatal, ce corps qui ne peut avoir d'existence que par l'opinion, a eu la maladresse de laisser échapper toutes les occasions de la reconquérir. Jamais le plus petit acte de courage, toujours la servilité la plus phrasière et la moins noble. Le bon M. de Monthion fonde un prix de *vertu;* à ce mot, le ministère a peur; M. Villemain, qui préside l'Académie ce jour-là, remporte le prix d'adresse, et elle se laisse enlever, sans mot dire, le droit de conférer ce prix. Le prix est ridicule; mais il l'est encore plus de se laisser avilir à ce point, et par quelles gens encore? Qu'auraient fait les ministres si vingt membres de l'Académie avaient envoyé leur démission? Mais cette idée inconvenante est aussi loin de la pauvre Académie Française, qu'elle-même est éloignée de posséder aucune influence sur l'opinion publique.

Je lui conseille d'être polie à l'avenir, et le public, *sectaire* ou non, la laissera mourir en paix.

Je suis avec respect, etc.

LETTRE VII.

LE ROMANTIQUE AU CLASSIQUE.

Paris, le 1er mai 1824.

Quoi, monsieur, vous croyez les *Débats* une autorité en littérature !

Faut-il donc troubler le repos de ces vieux rhéteurs qui vivent encore sur l'esprit de Geoffroy? Depuis que la mort de cet homme amusant faillit tuer leur journal, ce corps d'anciens critiques a été soutenu par le *talent vivant* de M. Fiévée; mais il ne se recrute pas. Ce sont des hommes qui depuis 1789 n'ont pas admis une idée nouvelle; et ce qui achève de déconsidérer leurs doctrines littéraires, c'est qu'ils sont enchaînés par le caissier du journal. Quand ces messieurs le voudraient, les propriétaires des *Débats*, véritables Girondins de la réaction royaliste, ne leur permettraient pas de louer une chanson de Béranger, ou un pamphlet de Courier.

6.

L'homme d'esprit dont la lettre A signe les jolis articles passe pour l'un des plus fermes soutiens des idées surannées. Quand ils sont de lui, on trouve de l'agrément et des traits piquants dans les articles ordinairement si tristes que les *Débats* consacrent à gronder la génération actuelle de ce qu'elle ne pense pas comme en 1725. Dernièrement, lorsque ce journal a osé attaquer l'un des géans de la littérature libérale, M. de Jouy, c'est M. A qui a été chargé de plaisanter cet homme célèbre sur le soin qu'il prend de nous faire connaître qu'il est fort gai, et *d'orner de son portrait,* comme il dit, chaque nouvel ouvrage qu'il donne au public. M. A est même allé jusqu'à faire à M. de Jouy des interpellations d'un genre plus sérieux; il l'a accusé d'ignorance; il a rappelé le mot latin *agreabilis*, peu agréable, dit-on, à l'auteur de Sylla, etc., etc. Je ne sais jusqu'à quel point tous ces reproches sont fondés; mais voici un petit exemple du profond savoir de messieurs les écrivains Classiques.

Dans le numéro du *Journal des Débats* du 22 mai 1823, M. A entreprend de rendre compte en trois énormes colonnes, car les Classiques sont lourds, de je ne sais quel ouvrage dans lequel M. le vicomte de St. Chamans attaque les Romantiques. M. A nous dit :

« Du temps de *l'Homme aux quarante écus*,

« un Écossais, M. Home, critiquait les plus beaux « endroits de l'*Iphigénie* de Racine, comme au- « jourd'hui M. Schlegel critique les plus beaux « endroits de *Phèdre;* et de même que l'Allemand « de nos jours, l'Écossais de cette époque donnait « le divin Shakspeare comme le vrai modèle du « goût. Il citait, comme exemple de la belle ma- « nière de faire parler les héros de la tragédie, « un discours de lord Falstaff, chef de la Justice, « qui, dans la tragédie de Henri IV, présentant « au roi un prisonnier qu'il vient de faire, lui « dit avec autant d'esprit que de dignité : — « *Sire, le voilà ; je vous le livre ; je supplie Votre* « *Grâce de faire enregistrer ce fait d'armes parmi* « *les autres de cette journée, ou . . . . je le ferai* « *mettre dans une ballade avec mon portrait à la* « *tête. . . . . Voilà ce que je ferai, si vous ne ren-* « *dez ma gloire aussi brillante qu'une pièce de* « *deux sous dorée ; et alors vous verrez dans le* « *clair ciel de la renommée ternir votre gloire* « *comme la pleine lune efface les charbons éteints* « *de l'élément de l'air, qui ne paraissent autour* « *d'elle que comme des têtes d'épingles.* J'ai cru « devoir passer quelques expressions par trop « romantiques aussi. »

Quel est l'écolier qui ne sait pas aujourd'hui que Falstaff n'est point un grand juge ni un lord mais bien un faux brave plein d'esprit, personnage fort plaisant, aussi célèbre en Angleterre que Figaro l'est en France? Faut-il accuser les rhéteurs classiques de mauvaise foi ou d'ignorance? Ma foi, je suis pour l'ignorance. Je craindrais d'abuser de votre patience si je vous présentais d'autres exemples du savoir de ces messieurs dans tout ce qui ne tient pas à la littérature ancienne. M. Villemain, l'un d'eux, celui qui, au dire de son propre journal, réfute, *et de si haut**, les erreurs des Romantiques, va jusqu'à placer le fleuve de l'Orénoque dans l'Amérique du nord**.

Agréez, etc.

---

* *Débats* de mars 1823.

** XIVe liv. des *Théâtres étrangers*, pag. 325.

LETTRE VIII.

LE ROMANTIQUE AU CLASSIQUE.

Andilly, le 3 mai 1824.

Vous me dites, monsieur, que je ne trouve de raisons que pour détruire, que jamais je ne m'élève au-dessus du facile talent de montrer des inconvénients. Vous m'accordez que les journaux libéraux mènent la jeunesse, que le *Journal des Débats*, tout en jugeant Shakspeare et Schiller sans les avoir lus, égare l'âge mûr qui, comme la jeunesse, n'aime point à lire des chefs-d'œuvre nouveaux qui donneraient la fatigue de penser, mais veut aussi des phrases toutes faites. Le genre dramatique, celui de tous qui a le plus illustré la France, est stérile depuis bien des années; l'on ne traduit à Londres et à Naples que les charmantes pièces de M. Scribe ou les mélodrames. Que faut-il faire?

1° Confier l'exercice de la censure à des hommes doux et raisonnables qui permettent toutes choses à M. Lemercier, à M. Andrieux, à M. Raynouard et autres personnes sages ennemies du scandale.

2° Détrôner la gloire des premières représentations. En Italie, ces premières représentations sont presque entièrement sans importance. Tout opéra nouveau, quelque mauvais qu'il soit, se donne trois fois, c'est le droit du maestro, vous dit-on. *Le Barbier de Séville* de Rossini ne fut pas achevé à Rome le premier jour, et ne triompha que le lendemain.

Ne serait-il pas raisonnable d'imposer à nos théâtres la loi de jouer trois fois les pièces nouvelles? La toute-puissante police ne pourrait-elle pas exclure absolument les billets gratis de ces trois premières représentations?

S'il était sage, le public qui se serait ennuyé le premier jour ne reviendrait pas le second. Mais que nous sommes loin, grand dieu, de porter tant de tolérance dans la littérature! Notre jeunesse, si libérale lorsqu'elle parle de Charte, de jury, d'élections, etc., en un mot, du pouvoir qu'elle n'a pas, et de l'usage qu'elle en ferait, devient aussi ridiculement despote que quelque petit ministre que ce soit, dès qu'elle a elle-même quelque pouvoir à exercer. Elle a au théâtre celui de siffler; hé bien! non seulement elle siffle ce qui lui semble mauvais, rien de plus juste; mais elle empêche les spectateurs, qui s'amusent de ce qui lui semble mauvais, de jouir de leur plaisir.

C'est ainsi que les jeunes libéraux, excités par *le Constitutionnel* et *le Miroir*, ont chassé les acteurs anglais du théâtre de la Porte-Saint-Martin, et privé d'un plaisir fort vif les Français qui, à tort ou raison, aiment ce genre de spectacle. On sait que les sifflets et les huées commencèrent avant la pièce anglaise dont il fut impossible d'entendre un mot. Dès que les acteurs parurent, ils furent assaillis avec des pommes et des œufs; de temps en temps on leur criait: *Parlez français!* En un mot, ce fut un beau triomphe pour *l'honneur national!*

Les gens sages se disaient: Pourquoi venir à un théâtre dont l'on ne sait pas le langage? On leur répondait qu'on avait persuadé les plus étranges sottises à la plupart de ces jeunes gens; quelques calicots allèrent jusqu'à crier: *A bas Shakspeare, c'est un aide-de-camp du duc de Wellington!*

Quelle misère! quelle honte pour les meneurs comme pour les menés! Entre la jeunesse si libérale de nos écoles et la censure, objet de ses mépris, je ne vois aucune différence. Ces deux corps sont libéraux également, et c'est avec les mêmes égards pour la justice qu'ils proscrivent les pièces de théâtre qui ne leur conviennent pas. Le genre de leurs raisonnements est le même, la *force*. Or on sait quel sentiment la force excite dans les cœurs lorsqu'elle se sépare de la justice.

Au lieu de vouloir juger d'après des *principes littéraires* et défendre les *saines doctrines* *, que nos jeunes gens ne se contentent-ils du plus beau privilége de leur âge, avoir des sentiments? Si de jeunes Français de vingt ans, habitant Paris, et formés au raisonnement par les leçons des Cuvier et des Daunou, savaient écouter leur propre manière de sentir, et ne juger que d'après leur cœur, aucun public en Europe ne serait comparable à celui de l'Odéon. Mais peut-être alors n'applaudirait-on pas des vers tels que

> L'âge de ses aïeux touche au berçeau du monde.
>
> Le Paria.

Un bibliothécaire de mes amis, qui affiche les opinions classiques, faute de quoi il pourrait bien perdre sa place, vient de me donner, en secret, la liste des ouvrages qui sont le plus souvent demandés à sa bibliothèque. Ainsi que dans les cabinets littéraires de la rue de l'Odéon, on y lit bien plus La Harpe que Racine et Molière.

La grande célébrité de La Harpe a commencé

* M. Duviquet, *Débats* du 12 novembre 1824.

après sa mort. Pédant assez mince de son vivant, car il ne savait pas le grec et peu le latin, et dans la littérature française ne se doutait pas de ce qui a précédé Boileau, il est devenu un père de l'église classique, voici comment.

Lorsque Napoléon suspendit la révolution, et crut, comme nous, qu'elle était finie, il se trouva toute une génération qui manquait entièrement d'éducation littéraire. Cette génération savait cependant qu'il y avait une littérature ancienne, elle attendait des jouissances des pièces de Racine et de Voltaire. Au retour de l'ordre, chacun songea d'abord à avoir un état, l'ambition fut une fièvre. Aucun de nous n'eut l'idée que du nouvel ordre de choses lui-même dans lequel nous entrions il pût naître une littérature nouvelle. Nous étions Français, c'est-à-dire ne manquant pas de vanité, et pleins du désir non de lire Homère, mais de juger Homère. Le *Cours* de La Harpe, célèbre dès 1787, se trouva là à point nommé pour répondre à nos besoins. De là, son immense succès.

Comment faire oublier à nos élèves en Droit ce code de la littérature? Attendre qu'il soit usé? Mais alors il faut perdre trente ans. Je ne vois qu'une ressource, il faut le refaire, il faut présenter à l'avide vanité de nos jeunes gens seize volumes de jugements tout faits sur toutes les questions littéraires qu'on est exposé à rencontrer dans les salons.

Mais, me dites-vous, prêchez une doctrine saine, lumineuse, philosophique, et vous ferez oublier les phrases de La Harpe. — Pas du tout. La pauvre littérature éprouve le malheur qu'il y a d'être à la mode ; les gens pour qui elle n'est pas faite veulent à toute force en parler.

Ici, monsieur, j'éprouve la vive tentation d'ajouter vingt pages de développements. Je voudrais foudroyer les intolérants classiques ou romantiques, donner les principales idées d'après lesquelles, dans mon nouveau *Cours de Littérature* en seize volumes, je jugerai les morts et les vivants, etc. * Ne craignez rien toutefois, au milieu du vif intérêt de nos circonstances politiques, je tiens que toute brochure qui a plus de cent pages, ou tout ouvrage qui compte plus de deux volumes, ne trouvera jamais de lecteurs.

---

* Jamais de combats sur la scène, jamais d'exécutions ; ces choses sont épiques et non dramatiques. Au dix-neuvième siècle le cœur du spectateur répugne à l'horrible, et lorsque dans Shakspeare, on voit un bourreau s'avancer pour brûler les yeux à de petits enfants, au lieu de frémir, on se moque des manches à balai peints en rouge par le bout, qui jouent le rôle de barres de fer rougies.

2° Plus les pensées et les incidents sont romantiques (calculés sur les besoins actuels), plus il faut respecter la langue *qui est une chose de convention*, dans les tours non moins que dans les

Il me reste, monsieur, à solliciter votre indul-

---

mots; et tâcher d'écrire comme Pascal, Voltaire et La Bruyère. Les nécessités et les exigences de messieurs les doctrinaires paraîtront aussi ridicules dans cinquante ans, que Voiture et Balzac le sont maintenant. Voyez la préface de l'histoire des ducs de Bourgogne.

3° L'intérêt passionné avec lequel on suit les émotions d'un personnage constitue la *tragédie*; la simple curiosité qui nous laisse toute notre attention pour cent détails divers, la *comédie*. L'intérêt que nous inspire *Julie d'Étanges* est tragique. Le Coriolan de Shakspeare est de la comédie. Le mélange de ces deux intérêts me semble fort difficile.

4° A moins qu'il ne soit question de peindre les changements successifs que le temps apporte dans le caractère d'un homme, peut-être trouvera-t-on qu'il ne faut pas, pour plaire en 1825, qu'une tragédie dure plusieurs années. Au reste, chaque poète fera des expériences à la suite desquelles il est possible que l'espace d'une année soit trouvé le terme moyen convenable. Si on prolongeait la tragédie beaucoup au-delà, le héros de la fin ne serait plus l'homme du commencement. Napoléon affublé du manteau impérial en 1804 n'était plus le jeune général de 1796 qui cachait sa gloire sous la redingotte grise qui sera son costume dans la postérité.

5° C'est *l'art* qu'il faut dérober à Shakspeare, tout en comprenant que ce jeune ouvrier en laine gagna 50,000 francs de rente en agissant sur des Anglais de l'an 1600, dans le sein desquels fermentaient déjà toutes les horreurs noires et plates qu'ils voyaient dans la Bible, et dont ils firent le puritanisme. Une bonne foi naïve et un peu bête (1), un dévouement parfait, une sorte de difficulté à être ému par les petits incidents et à les comprendre, mais en revanche une grande constance dans l'émotion et une grande peur de l'enfer, séparent l'Anglais de 1600 des Français de 1825. C'est cependant à ceux-ci qu'il faut plaire, à ces êtres si fins, si légers,

(1) Voir la diatribe de M. Martin contre les expériences de notre célèbre Magendie, CHAMBRE DES COMMUNES, séance du 24 février 1825.

gence pour la longueur de mes lettres, et surtout

---

si susceptibles, toujours aux aguets, toujours en proie à une émotion fugitive, toujours incapables d'un sentiment profond. Ils ne croient à rien qu'à la mode, mais simulent toutes les convictions, non point par hypocrisie raisonnée comme le *Cant* des hautes classes anglaises, mais seulement pour bien remplir leur rôle aux yeux du voisin.

Le major Bridgenorth de *Péveril du Peak*, dont le père avait vu Shakspeare, agit avec une bonne foi morose et sombre d'après des principes absurdes; notre morale est à peu près parfaite, mais en revanche on ne trouve plus de dévouement sans bornes que dans les adresses insérées au *Moniteur*. Le Parisien ne respecte que l'opinion de sa société de tous les jours, il n'est dévoué qu'à son ameublement d'acajou. Pour faire des drames romantiques (adaptés aux besoins de l'époque), il faut donc s'écarter beaucoup de la manière de Shakspeare, et par exemple ne pas tomber dans la tirade chez un peuple qui saisit tout à demi-mot et à ravir, tandis qu'il fallait expliquer les choses longuement et par beaucoup d'images fortes aux Anglais de l'an 1600.

6° Après avoir pris *l'art* dans Shakspeare, c'est à Grégoire de Tours, à Froissart, à Tite-Live, à la Bible, aux modernes Hellènes que nous devons demander des sujets de tragédie. Quel sujet plus beau et plus touchant que la mort de Jésus ? Pourquoi n'a-t-on pas découvert les manuscrits de Sophocle et d'Homère seulement en l'an 1600, après la civilisation du siècle de Léon X ?

Madame du Hausset, Saint-Simon, Gourville, Dangeau, Bézenval, les Congrès, le Fanar de Constantinople, les histoires des Conclaves recueillies par Gregorio Leti, nous donneront cent sujets de comédie.

7° On nous dit : *le vers est le beau idéal de l'expression*; une pensée étant donnée, le vers est la manière *la plus belle* de la rendre, la manière dont elle fera le plus d'effet.

Oui, pour la satire, pour l'épigramme, pour la comédie satirique, pour le poème épique, pour la tragédie mythologique telle que *Phèdre*, *Iphigénie*, etc.

Non, dès qu'il s'agit de cette tragédie qui tire ses effets de la pour la simplicité non piquante de mes phrases.

---

peinture exacte des mouvements de l'ame et des incidents de la vie des modernes. La pensée ou le sentiment doivent *avant tout* être énoncés avec clarté dans le genre dramatique, en cela l'opposé du poëme épique. *The table is full*, s'écrie Macbeth frissonnant de terreur quand il voit l'ombre de ce Banco qu'il vient de faire assassiner il y a une heure prendre à la table royale la place qui est réservée à lui le roi Macbeth. Quel vers, quel rhythme peut ajouter à la beauté d'un tel mot?

C'est le cri du cœur, et le cri du cœur n'admet pas d'inversion. Est-ce comme fesant partie d'un alexandrin que nous admirons le *Soyons amis*, *Cinna*; ou le mot d'Hermione à Pyrrhus : *Qui te l'a dit?*

Remarquez qu'il faut exactement ces mots-là, et non pas d'autres. Lorsque la mesure du vers n'admet pas le mot précis dont se servirait l'homme passionné, que font nos poëtes d'Académie ? Ils trahissent la passion pour le vers alexandrin. Peu d'hommes, surtout à dix-huit ans, connaissent assez bien les passions pour s'écrier : *Voilà le mot propre que vous négligez. Celui que vous employez n'est qu'un froid synonyme*; tandis que le plus sot du parterre sait fort bien ce qui fait un joli vers. Il sait encore mieux (car dans une monarchie on met à cela toute sa vanité) quel mot est du *langage noble*, et quel n'en est pas.

Ici la délicatesse du théâtre français est allée bien au-delà de la nature : un roi arrivant la nuit dans une maison ennemie dit à son confident, quelle heure est-il? Hé bien ! l'auteur du *Cid d'Andalousie* n'a pas osé faire répondre : Sire, il est minuit. Cet homme d'esprit a eu le courage de faire deux vers :

La tour de Saint-Marcos, près de cette demeure,
A, comme vous passiez, sonné la douzième heure.

Je développerai ailleurs la théorie dont voici le simple énoncé : le vers est destiné à rassembler en un foyer, à force d'ellipses, d'inversions, d'alliances de mots, etc, etc. (brillants priviléges de la poésie), les raisons de sentir une beauté de la nature; or dans le genre dramatique ce sont les *scènes précédentes* qui donnent tout

J'ai rejeté, pour être clair, bien des aperçus nou-

---

son effet au mot que nous entendons prononcer dans la scène actuelle. Par exemple : *Connais-tu la main de Rutile ?* Lord Byron approuvait cette distinction.

Le personnage tombe à n'être plus qu'un rhéteur *dont je me méfie* pour peu que j'aie d'expérience de la vie, si par la poésie d'expression il cherche à ajouter à la force de ce qu'il dit.

La première condition du drame, c'est que l'action se passe dans une salle dont un des murs a été enlevé par la baguette magique de Melpomène, et remplacé par le parterre. Les personnages ne savent pas qu'il y a un public. Quel est le confident qui, dans un moment de péril, s'aviserait de ne pas répondre nettement à son roi qui lui dit *quelle heure est-il ?* Dès l'instant qu'il y a concession apparente au public, il n'y a plus de personnages dramatiques. Je ne vois que des rapsodes récitant un poëme épique plus ou moins beau. En français l'empire du *rhythme* ou du vers ne commence que là où *l'inversion est permise*.

Cette note deviendrait un volume si j'essayais d'aller au-devant de toutes les absurdités que les pauvres versificateurs, craignant pour leur considération dans le monde, prêtent chaque matin aux Romantiques. Les Classiques sont en possession des théâtres et de toutes les places littéraires salariées par le Gouvernement. Les jeunes gens ne sont admis à celles de ces places qui deviennent vacantes que sur la présentation des gens âgés *qui travaillent dans la même partie*. Le fanatisme est un titre. Tous les esprits serviles, toutes les petites ambitions de professorat, d'académie, de bibliothèques, etc., *ont intérêt* à nous donner chaque matin des articles classiques ; et, par malheur, la déclamation dans tous les genres est l'éloquence de l'indifférence qui joue la foi brûlante.

Il est, du reste, assez plaisant qu'au moment où la réforme littéraire est représentée comme vaincue par tous les journaux, ils se croient cependant obligés à lui lancer, chaque matin, quelque nouvelle *niaiserie* qui, comme le *lord Falstaff, grand juge d'Angleterre*, nous amuse pendant le reste de la journée. Cette conduite n'a-t-elle pas l'air du commencement d'une déroute veaux qui auraient fait grand plaisir à ma vanité. J'ai voulu non-seulement être lucide, mais encore ôter aux gens de mauvaise foi l'occasion de s'écrier: Grand Dieu! que ces Romantiques sont obscurs dans leurs éclaircissements!

Je suis avec respect, etc.

LETTRE IX.

LE CLASSIQUE AU ROMANTIQUE.

Paris, le 3 mai 1824.

Savez-vous, monsieur, que je ne trouve pas dans mes souvenirs que depuis bien des années il me soit arrivé d'écrire en un jour quatre lettres pour la même affaire.

Je vous l'avouerai, je suis touché de votre profond respect pour Racine, mais touché sensiblement. Je croyais non pas vous, monsieur, mais le parti romantique injuste, et, si j'ose le dire, insolent envers ce grand homme; il me semblait voir ce parti

> Burlesquement roidir ses petits bras
> Pour étouffer si haute renommée.
>
> LEBRUN.

Je trouvais drôle que plusieurs gens d'esprit s'imaginassent donner au public une théorie (car vous m'avouerez que votre Romantisme n'est qu'une théorie) au moyen de laquelle on est sûr d'avoir des chefs-d'œuvre. Je vois avec plaisir que vous ne croyez pas qu'un système dramatique quelconque soit capable de créer des têtes comme celles de Molière ou de Racine. Assurément, monsieur, je n'approuve pas votre théorie, mais enfin je crois la comprendre. Il me reste toutefois bien des obscurités et bien des questions à vous faire. Par exemple, quel serait, suivant vous, le point extrême du succès du genre romantique? Faut-il absolument que je m'accoutume à ces héros repoussés d'avance par le législateur du Parnasse,

> Enfants au premier acte, et barbons au dernier?

Je suppose un instant que les bonnes traditions s'éteignent, que le bon goût disparaisse, en un mot, que tout vous réussisse à souhait, et que le grand acteur qui succédera à Talma veuille bien, dans vingt ans d'ici, jouer votre tragédie en prose, intitulée : *la Mort de Henri III.* Quel sera, dans votre idée, le point extrême de cette révolution? Oubliez avec moi toute prudence jésuitique; soyez franc dans vos paroles comme l'*Hotspur* de votre Shakspeare dont à propos je suis fort content.

Je suis, etc.

LETTRE X.

LE ROMANTIQUE AU CLASSIQUE.

Andilly, le 5 mai 1824.

Monsieur,

Si nous revenons au monde vers l'an 1864, nous trouverons affiché aux coins des rues :

LE RETOUR DE L'ILE D'ELBE,
TRAGÉDIE EN CINQ ACTES ET EN PROSE.

A cette époque, la figure colossale de Napoléon aura fait oublier pour quelques siècles les César, les Frédéric, etc. Le premier acte de la tragédie, qui mettra sous les yeux des Français l'action la plus étonnante de l'histoire, doit être évidemment à l'île d'Elbe, le jour de l'embarquement. On voit Napoléon impatient du repos et songeant à la France : « La fortune me servit au retour d'Égypte sur cette « même mer qui entoure ma patrie ; m'aurait-elle « abandonné ? » Ici il s'interrompt pour observer avec sa longue vue une frégate à pavillon blanc qui s'éloigne. Arrive un auditeur déguisé qui lui apporte les derniers numéros de *la Quotidienne.* Un courrier de Vienne venu en six jours lui dit qu'on va le transposter à Sainte-Hélène, et tombe de fatigue à ses pieds. Napoléon prend son parti, il ordonne le départ. On voit les grenadiers s'embarquer ; on les entend chanter sur le brick *l'Actif.* Un habitant de l'île d'Elbe s'étonne ; un espion anglais achève de s'enivrer et tombe sous la table au lieu de faire son signal. Un assassin, qui arrivait déguisé en prêtre, jure et maudit Dieu de ne pouvoir gagner le million promis.

Le second acte doit se passer près de Grenoble, à Lafrey, sur le bord du lac, et montrer la séduction du 1er bataillon du 7e léger que le général Marchant avait envoyé pour barrer la route étroite pratiquée entre la montagne et le lac.

Le troisième acte est à Lyon ; Napoléon oublie déjà ses idées raisonnables et populaires ; il se remet à faire des nobles; le danger passé, il se réenivre des jouissances du despotisme.

Au quatrième acte, on le voit au Champ-de-Mars avec ses frères en habit de satin blanc et son *acte additionnel.*

Le cinquième acte est à Waterloo, et la dernière scène du cinquième acte à l'arrivée sur le roc de Sainte-Hélène avec la *vision* prophétique des six années de tourmens, de vexations basses et d'assassinats à coups d'épingles, exécutés par sir Hudson Lowe. Il y a un beau contraste entre le jeune Dumoulin qui, à Grenoble, au premier acte, se dévoue à Napoléon, et le général impassible qui, à Sainte-Hélène, dans l'espoir d'un cordon de seconde classe, entreprend de le faire mourir à petit feu, et sans qu'on puisse accuser son maître d'empoisonnement.

Autre contraste entre des personnages du second ordre : M. Benjamin Constant plaidant la cause d'une constitution raisonnable aux Tuileries avec Napoléon, qui se montre franchement despote, traite la France comme son domaine, ne parle que *de son intérêt propre* à lui Bonaparte, et trois mois après M. le comte de Las-Cases déplorant, dans l'amertume et la sincérité de son cœur de chambellan, que l'Empereur ait été sur le point de se trouver dans le cas d'ouvrir une porte *lui-même.*

Voilà évidemment une belle tragédie ; il ne manque plus que cinquante ans d'intervalle et du génie pour la faire. Elle est belle, parce que c'est un seul événement. Qui pourrait le nier?

Une nation, sans résolution pour entreprendre de . . . . . . mieux . . . . un grand homme par ses . . . . Le grand homme a le courage de hasarder : il réussit ; mais entraîné par l'amour de la fausse gloire et des habits de satin, il trompe cette nation, il tombe. Un bourreau s'empare de lui. Voilà une haute leçon ; la nation a des torts ; le grand homme aussi a les siens.

Je dis qu'un tel spectacle est touchant, qu'un tel plaisir dramatique est possible ; que cela vaut mieux sur le théâtre qu'en épopée ; qu'un spectateur non hébété par l'étude des La Harpe ne songera nullement à se tenir pour choqué des sept mois de temps et des cinq mille lieues d'espace qui sont nécessaires.

Je suis avec respect, etc.

PROTESTATION.

Personne plus que moi ne tient que la vie privée des citoyens doit être *mûrée;* ce n'est qu'à cette condition que nous pouvons être dignes de la liberté de la presse. Je me serai bien écarté du dessein de cet ouvrage, s'il m'est arrivé de me moquer d'autre chose que des prétentions ridicules des rhéteurs anti-romantiques. Si l'Académie n'avait pas jugé à propos de proscrire le Romantisme d'un ton de supériorité et de suffisance qui ne convient à personne en parlant au public, j'aurais toujours respecté cette institution surannée.

Malgré tout le besoin que j'en avais, j'ai dédaigné l'esprit que je n'aurais pu obtenir qu'à l'aide d'allusions malignes aux accidents de la vie privée; et cependant la meilleure partie de l'esprit de nos Académiciens ne se compose, dit-on, que d'anecdotes scandaleuses sur le caractère de leurs prédécesseurs.

ERRATA.

Page 25, *convienne*; lisez : *convînt*.

37, *se ferment*, lisez : *s'enferment*.

43, *parce qu'elle* ; lisez : *quoiqu'elle*.

43, *ont lieu*; lisez : *aient lieu*.

58, *perce quelquefois*; supprimez *quelquefois*.

61, *fait comte*; lisez : *duc*.

92, ajouter après la dernière ligne :

Au reste, monsieur, les Romantiques ne se dissimulent point qu'ils proposent aux Parisiens la chose du monde la plus difficile : *réfléchir l'habitude*. Dès qu'il ose déserter l'habitude, l'homme vaniteux s'expose à l'affreux danger de rester court devant quelque objection. Peut-on s'étonner que de tous les peuples du monde le Français soit celui qui tienne le plus à ses habitudes? C'est l'horreur des périls obscurs, des périls qui forceraient à *inventer* des démarches singulières et peut-être *ridicules*, qui rend si rare le *courage civil*.

www.ingramcontent.com/pod-product-compliance
Ingram Content Group UK Ltd.
Pitfield, Milton Keynes, MK11 3LW, UK
UKHW021105260726
13994UKWH00002B/728